www.ingramcontent.com/pod-product-compliance
Lightning Source LLC
LaVergne TN
LVHW021224080526
838199LV00089B/5820
* 9 7 8 9 3 6 9 0 8 2 4 5 2 *

نیلی جھیل کا خزانہ

(بچوں کا ناول)

ستار طاہر

© Sattar Tahir
Neeli jheel ka khazana *(Kids Novel)*
by: Sattar Tahir
Edition: June '2025
Publisher :
Taemeer Publications LLC (Michigan, USA / Hyderabad, India)

ISBN 978-93-6908-245-2

مصنف یا ناشر کی پیشگی اجازت کے بغیر اس کتاب کا کوئی بھی حصہ کسی بھی شکل میں بشمول ویب سائٹ پر اَپ لوڈنگ کے لیے استعمال نہ کیا جائے۔ نیز اس کتاب پر کسی بھی قسم کے تنازع کو نمٹانے کا اختیار صرف حیدرآباد (تلنگانہ) کی عدلیہ کو ہو گا۔

© ستار طاہر

کتاب	:	نیلی جھیل کا خزانہ (بچوں کا ناول)
مصنف	:	ستار طاہر
صنف	:	ادب اطفال
ناشر	:	تعمیر پبلی کیشنز (حیدرآباد، انڈیا)
سالِ اشاعت	:	۲۰۲۵ء
صفحات	:	۱۲۲
سرورق ڈیزائن	:	تعمیر ویب ڈیزائن

جاگیردار کی دعوت

نامدار نے اپنے دوست مختار کی طرف دیکھا اور پوچھا "کہو مختار، پھر کیا ارادہ ہے؟"

مختار نے وہ خط جو اُس کے ہاتھ میں تھا، میز پر رکھتے ہوئے کہا "میرے خیال میں ہمیں یہ دعوت قبول کر لینی چاہیے۔ ویسے بھی چھٹیاں ہیں، وقت اچھا گزرے گا"۔

نامدار نے اپنے دوست کی طرف دیکھا، پھر خط اُٹھا کر اس پر ایک نگاہ ڈالی اور بولا:

"یہ جاگیردار سجاول خاں بھی خوب آدمی ہے۔ پڑھا لکھا، ولایت پلٹ ہے لیکن گھوڑوں کا عاشق ہے چاہتا ہے کہ دُنیا کا ہر شخص شہسوار بن جائے۔ اس کے لیے پیسے بھی بہت خرچ کرتا ہے"۔

مختار بولا "تمھیں گھوڑوں سے عشق نہیں؟ کیا تم نہیں چاہتے کہ سب لوگ گھڑسواری کریں؟"

نامدار ہنسنے لگا، پھر بولا "بھئی، مجھے تو گھوڑوں سے محبت اور گھڑ سواری ورثے میں ملی ہے"۔

"اچھا تو پھر تم نے کیا فیصلہ کیا ہے؟ ویسے میں تمہارا فیصلہ جانتا ہوں" مختار نے ہنس کر کہا۔

"ہاں بھئی، ہم چلیں گے اور اکرم کو بھی ساتھ لے لیں گے"۔

"پھر تو خوب مزا رہے گا" مختار بولا "لیکن ہمیں دادا جان سے اجازت لینی ہو گی"۔

"وہ تو چٹکی بجانے میں مل جائے گی" نامدار بولا۔

"اچھا تو پھر پہلے اُن سے اجازت لینے چلیں" مختار نے اُٹھتے ہوئے کہا۔

نامدار کے دادا بہت بڑے جاگیردار تھے۔ اس کے والد اور والدہ کا اِنتقال ہو چکا تھا۔ دادا جان زندہ تھے جنہیں نامدار سے بہت محبت تھی۔ نامدار اُن کی آنکھوں کا تارا تھا اور نامدار بھی کبھی داداجان کو ناراض نہ کرتا تھا۔ دادا جان کو گھوڑوں سے محبت تھی۔ نامدار کے والد بھی گھوڑوں کو بہت عزیز رکھتے تھے۔ یہ محبت نامدار کو ورثے میں ملی تھی۔ آس پاس کے دیہات اور شہروں میں اس کی گھڑ سواری کی بہت شہرت

تھی۔ اُس نے اپنے دوستوں کو بھی گھڑ سواری سکھا دی تھی جن میں مختار اور اکرم اس کے بہت قریبی دوست تھے۔

جب وہ دونوں دادا جان کے پاس پہنچے تو وہ پلنگ پر لیٹے ہوئے تھے۔ اُن کی عمر ستّر برس سے زیادہ تھی لیکن صحت بہت اچھی تھی۔ مختار اور نامدار سلام کر کے اُن کے پاس بیٹھ گئے تو وہ دعا دینے کے بعد بولے:
"دونوں اکٹھے آئے ہو۔ ضرور کوئی بات ہے۔"

"ہاں دادا جان، وہ جاگیردار سجاول خاں ہے نا۔۔۔۔۔"
دادا جان نے بات کاٹتے ہوئے کہا "میں سمجھ گیا۔ اُس نے مجھے خط لکھا تھا۔ تم اجازت لینے آئے ہو گے۔"

"ہاں، دادا جان۔"

"میری طرف سے اجازت ہے" دادا جان نے کہا "لیکن احتیاط سے رہنا۔ وہاں ایک عجیب بات ہوئی ہے"

"کیسی عجیب بات؟" نامدار نے پوچھا۔
دادا جان پلنگ پر سیدھے ہو کر بیٹھ گئے اور پھر بولے "سجاول خاں بہت شریف اور وضعدار آدمی ہے۔

کبھی کوئی گھٹیا حرکت اپنے علاقے میں نہیں ہونے دیتا پچھلے دنوں اُس نے پڑوسی گاؤں کے جاگیردار افضل خاں سے ایک گھوڑا دیکھنے کے لیے منگوایا۔ وہ سفید رنگ کا بہت قیمتی گھوڑا تھا۔ جب افضل کے آدمی گھوڑا لے کر آئے تو سجاول خاں کی جاگیر میں کچھ لوگوں نے ان کو مار پیٹ کر گھوڑا چھین لیا اور رفو چکر ہو گئے۔ اس سے پہلے ایسی بات کبھی نہیں ہوئی کہ ایک جاگیردار کے گھوڑے کو دوسرے جاگیردار کے علاقے میں کوئی چھین کر لے جائے۔"

"واقعی یہ تو انوکھی بات ہے" مختار نے کہا۔

دادا جان مسکرا کر بولے "آج کل بہت سی عجیب باتیں ہو رہی ہیں۔ اب لوگوں کو دوسروں کا لحاظ نہیں رہا۔ تمھیں پتا ہے کہ سجاول خاں نے تمھیں کیوں بلایا ہے؟"

"اس لیے کہ اس برس ہی اُس نے اپنے علاقے کے لڑکوں کو گھڑ سواری سکھلانے کے لیے کیمپ لگایا ہے ہم وہاں جا کر لڑکوں کو گھڑ سواری سکھائیں گے" نامدار نے کہا۔

دادا جان ہنسنے لگے پھر بولے "ایک بات اور بھی ہے سجاول خاں نے ایک ملازم حشمت خاں اس کام کے لیے رکھا ہوا ہے۔ ہر سال جب کیمپ لگتا ہے تو حشمت خاں ہی

مدد کے لیے تین آدمی عارضی طور پر ملازم رکھ لیے جاتے ہیں ۔"

"تو اب کیا ہوا ؟" مختار نے پوچھا۔

"اس بار جو تین ملازم رکھے گئے تھے وہ نوکری چھوڑ کر چلے گئے ۔"

"کیوں ؟"

"یہ تو مجھے علم نہیں ۔ تم وہاں جا رہے ہو تمہیں پتا چل جائے گا ۔"

بوبی کے کرتب

جب نامدار مختار کو اپنے کمرے میں لے آیا تو اُس نے مختار سے کہا کہ وہ اپنے گھر جانے سے پہلے اکرم سے مل لے اور اسے بتا دے کہ وہ ہمارے ساتھ جا رہا ہے ۔ نامدار اُس وقت کھڑکی کے سامنے کھڑا تھا ۔ وہ اچانک بولا :

"مختار ، ادھر آؤ ۔ تمہیں ایک تماشا دکھاؤں ۔"

مختار اٹھ کر نامدار کے پاس گیا اور کھڑکی کے پاس کھڑا ہو گیا۔

اُس نے دیکھا کہ نامدار کا گھوڑا جس کا نام بوبی تھا، دوسرے گھوڑوں کے ساتھ گھر کے گیٹ کی طرف آ رہا ہے۔

بوبی بہت خوبصورت اور اعلیٰ نسل کا گھوڑا تھا اس کا سارا جسم برف کی طرح سفید تھا۔ بس ماتھے پر ایک کالے رنگ کی دھاری تھی۔ نامدار کو اس سے بڑا پیار تھا اور بوبی بھی اپنے مالک سے بہت محبّت کرتا تھا۔

"ذرا دیکھنا، بوبی کیا کرتا ہے۔"

نامدار کی آنکھوں میں چمک پیدا ہو گئی۔ دونوں دوست دلچسپی سے بوبی کی طرف دیکھ رہے تھے۔ بوبی دوسرے گھوڑوں کے جھرمٹ میں نکل کر آگے بڑھا اور گھر کے بڑے دروازے کے پاس آکر کھڑا ہو گیا۔ یہ دروازہ لوہے کا تھا۔ اُس کے اُوپر کھٹکا لگا ہوا تھا جسے دروازے کے پٹوں کے اوپر چڑھا دیتے تو دروازہ بند ہو جاتا تھا۔ اِس وقت دروازے پر کھٹکا لگا ہوا تھا۔ بوبی نے آگے بڑھ کر اپنا مُنہ کھولا، دانتوں سے کھٹکے کو پکڑا اور اسے اوپر اُٹھا کر پاؤں سے دروازے کو دھکا دے دیا۔ دروازہ کھُل گیا۔

ممتاز تالیاں بجانے لگا اور بولا "واہ! تم نے بوبی

کو یہ نیا کرتب خوب سکھایا۔"

"میں اسے دروازہ بند کرنا بھی سکھا رہا ہوں۔ آؤ چلیں۔"

دونوں دوست جلدی سے باہر نکلے۔ نامدار کو دیکھ کر بوبی ہنہنانے لگا۔ نامدار نے اس کو تھپکی دی، پھر دروازہ بند کر کے اشارہ کرتے ہوئے بوبی سے کہا۔

"بوبی، ذرا دروازہ کھول کر دکھاؤ۔"

بوبی نے فوراً اپنے مالک کے حکم کی تعمیل کی اور کھٹکا اٹھا کر دروازہ کھول دیا۔ نامدار نے اسے تھپکی دی اور پھر بولا:

"اب بند کر کے دکھاؤ۔"

بوبی نے کئی بار کوشش کی مگر ہر بار ناکام رہا۔ لیکن اُس نے ہمت نہ ہاری۔ نامدار اس کو دروازہ بند کر کے دکھاتا اور پھر اس کی ہمت بڑھاتا اور اُسے اشارہ کر کے کواڑ بند کرنے کے لیے کہتا۔ آخر بوبی نے دروازہ بند کر کے بھی دکھا دیا۔

نامدار نے اسے دل کھول کر داد دی۔ مختار نے تالیاں بجائیں۔ پھر بوبی کو خوب تھپکیاں دیں۔

دوسرے گھوڑے اس وقت لوبی کو دیکھ کر حسد کرنے لگے تھے۔ نامدار گھوڑوں کا مزاج شناس تھا۔ اس نے اُن سب کو تھپکیاں دیں تو وہ بھی خوشی سے ہنہنانے لگے۔

مختار نے کہا "اچھا' میں چلتا ہوں۔ اکرم کو اطلاع کرنا جاؤں گا۔ خدا حافظ"۔

"خدا حافظ، میرے عزیز دوست" نامدار نے مختار سے ہاتھ ملاتے ہوئے کہا۔

قلمی نسخہ

نامدار اپنے کمرے میں گیا اور کتابوں کی الماری میں سے ایک کتاب نکالی جس کے صفحے بہت پرانے اور بھر بھرے ہو چکے تھے۔ یہ کتاب چھپی ہوئی نہ تھی بلکہ ہاتھ سے لکھی ہوئی تھی جسے قلمی نسخہ کہتے ہیں۔

نامدار کو یہ قلمی نسخہ اپنے والد کی لائبریری سے ملا تھا۔ اس کا مصنف ایک سیاح تھا جو ساٹھ برس پہلے اس علاقے میں آیا تھا۔ اس نے اس کتاب میں

اس علاقے کے دلچسپ حالات اور رسم و رواج تحریر کیے تھے اور پھر ایک خاص واقعہ لکھا تھا۔

اس نے لکھا تھا کہ ایک دفعہ وہ ایک سرکاری گھوڑا گاڑی میں سفر کر رہا تھا۔ اس زمانے کی سواری بگھی سے ملتی جلتی تھی جس میں دو گھوڑے جتے ہوتے تھے۔ ایک خاص فاصلہ طے کر کے ان گھوڑوں کی جگہ گاڑی میں تازہ دم گھوڑے جوت دیے جاتے تھے۔ تمام بڑی سڑکوں کے کنارے بیس پچیس میل کے فاصلے پر گھوڑے بدلنے کی چوکی ہوتی تھی اور ساتھ ہی کوئی چھوٹی بڑی سرائے بھی ہوتی تھی جہاں مسافر سستاتے اور کھاتے پیتے تھے۔

اس قلمی نسخے کے مصنف نے لکھا تھا کہ اس کی گاڑی جب ایک سرائے کے پاس پہنچی تو اس پر ڈاکوؤں نے حملہ کر دیا۔ اُن کو کسی طرح یہ علم ہو گیا تھا کہ اس گاڑی میں سرکاری خزانہ لے جایا جا رہا ہے۔ ڈاکوؤں نے خزانہ لوٹنا چاہا تو اس کے محافظوں نے اُن سے مقابلہ کیا۔ لیکن ڈاکوؤں نے اِن سب کو موت کے گھاٹ اُتار دیا۔

اس کتاب کے مصنف نے لکھا تھا کہ اُس لڑائی

ہیں وہ بھی شدید زخمی ہوا تھا۔ ڈاکو سمجھے تھے کہ وہ مر چُکا ہے لیکن وہ زندہ تھا اور ڈاکوؤں کو دیکھ رہا تھا۔ انھوں نے ایک جگہ زمین کھود کر خزانہ وہاں دفن کر دیا اور چلے گئے۔

پھر وہ بے ہوش ہو گیا۔ جب اُسے ہوش آیا تو وہ ہسپتال میں تھا۔ پھر دو سال تک اُس کے زخم ٹھیک نہیں ہوئے اور وہ سفر کے قابل نہ رہا۔ اس واقعے کے تین برس بعد جب وہ دوبارہ اس جگہ پہنچا جہاں خزانہ لوٹا گیا تھا۔ وہ اس جگہ کو بھول چُکا تھا۔ اس نے سوچا کہ اس عرصے میں وہ ڈاکو وہاں سے مال نکال کر لے گئے ہوں گے۔

نامدار اس قلمی نسخے کو پھر غور سے دیکھ رہا تھا۔ دو برس پہلے اس نے اس کتاب کو پڑھا تھا۔ پھر اس نے اپنے طور پر یہ جاننے کی کوشش کی تھی کہ کیا ڈاکو وہاں سے خزانہ نکال کر لے گئے تھے؟ اُسے جو معلومات اب تک پچھلے دو برسوں میں حاصل ہوئی تھیں ان کے مطابق وہاں سے خزانہ کسی دوسری جگہ منتقل نہ کیا گیا تھا۔ مزے کی بات یہ تھی کہ یہ علاقہ جاگیردار سجاول خاں کے علاقے میں تھا

جہاں نامدار اب جانے والا تھا۔

خبردار!

نامدار قلمی نسخہ رکھ کر دادا جان کے پاس چلا گیا۔ اُس نے دادا جان سے اس خزانے کا قصّہ چھیڑ دیا۔ دادا جان کو پُرانے زمانے کے قصّوں سے اب بھی بہت دل چسپی تھی۔ وہ بڑھا چڑھا کر اس واقعے کو سُنانے لگے جو نامدار ان سے پہلے بھی کئی بار سُن چکا تھا۔ جب دادا جان تفصیل سے پوری کہانی سُنا چکے تو نامدار نے ان سے پُوچھا:

"آپ کے خیال میں ڈاکو وہ خزانہ نکال کر لے گئے تھے؟"

دادا جان نے اس سوال کا فوراً جواب دیا "جہاں تک میرے علم میں ہے، وہ خزانہ وہیں دفن ہے۔ اُسے کسی نے وہاں سے نہیں نکالا۔"

"مگر دادا جان، یہ کیسے ممکن ہو سکتا ہے؟" نامدار نے پُوچھا۔

"کیوں ممکن نہیں ہو سکتا؟ وہ ڈاکو وہاں دوبارہ آئے

ہی نہیں۔ خزانہ اپنے آپ تو اُن کے پاس چل کر جانے سے رہا۔"

"مگر داداجان، ڈاکو وہاں کسی کے سامنے تو نہیں آتے ہوں گے اور چونکہ ان کو خزانہ دفن کرنے کی جگہ کا علم تھا اس لیے خزانہ نکال کر چپکے سے چلے گئے ہوں گے۔"

"ایسا نہیں ہوا" دادا جان نے بڑے یقین سے کہا۔

"مگر اس کا ثبوت کیا ہے؟"

"زخمیوں میں سے ایک نے پولیس کو بتایا تھا کہ ڈاکوؤں نے اس کی آنکھوں کے سامنے وہاں کسی جگہ خزانہ دفن کیا تھا۔ پولیس نے وہاں تلاش کرنے کی کوشش کی لیکن کچھ نہ ملا۔ اس کے بعد بھی ایسا کوئی سراغ نہیں ملا کہ وہاں سے کوئی خزانہ نکال کر لے گیا ہو۔"

دادا جان کی باتوں میں بڑا اعتماد اور یقین جھلکتا تھا حقیقت بھی یہی ہے کہ اگر وہ خزانہ وہاں سے کسی نے نکالا ہوتا تو اس کا کسی نہ کسی انداز میں چرچا ضرور ہوتا۔ ناہداز نے یہ بھی سوچا کہ مدت گزر جانے کی وجہ سے لوگ بھول بھی جاتے ہیں۔ وہ پہاڑی علاقہ ہے۔

ممکن ہے زخمیوں کو دھوکا ہوا ہو اور ڈاکوؤں نے اُسے کسی اور جگہ چھپا دیا ہو۔

دادا جان بڑے غور سے نامدار کی طرف دیکھ رہے تھے۔ وہ بولے "میرے پاس اس کا ثبوت ہے کہ خزانہ جہاں چھپایا گیا تھا، وہ آج بھی وہیں موجود ہے"

نامدار بڑے جوش سے بولا "وہ ثبوت کیا ہے، دادا جان؟"

دادا جان مسکرائے اور بولے "جس شام وہاں ڈاکوؤں نے خزانہ لوٹا اس کے ٹھیک دو دن بعد تمام ڈاکو گرفتار ہو گئے۔ پولیس نے ان کے گھروں کی تلاشی لی، لیکن وہاں سے کچھ نہ ملا۔ ڈاکوؤں سے بہت پوچھا لیکن کسی نے بھی وہ جگہ نہ بتائی جہاں انھوں نے وہ خزانہ دبایا تھا۔ ان کا خیال تھا کہ وہ سزا پانے کے بعد وہاں سے مال نکال کر ساری عمر عیش کریں گے۔ لیکن ان کے دل کی دل ہی میں رہی کیوں کہ ان کو حکومت نے پھانسی کی سزا دے دی اور وہ سب پھانسی پر لٹکا دیے گئے۔

نامدار کچھ سوچنے لگا تو دادا جان نے پوچھا "کیا سوچ رہے ہو، میاں؟"

نامدار بولا "یہ بھی تو ہو سکتا ہے کہ ڈاکوؤں نے اپنے عزیزوں کو وہ جگہ بتا دی ہو اور انھوں نے خزانہ نکال لیا ہو۔"

"ہاں، ایسا ہو تو سکتا ہے" دادا جان نے جواب دیا "لیکن اس کا کوئی ثبوت نہیں ہے۔ میں یقین سے کہتا ہوں کہ خزانہ اسی علاقے میں ہے۔"

پھر اچانک وہ چونکے اور بولے "لیکن تم اس خزانے میں اتنی دل چسپی کیوں لے رہے ہو؟"

نامدار نے ہنس کر کہا "سجاول خاں کی جاگیر پر جا رہا ہوں۔ سوچتا ہوں خزانہ بھی مل جائے تو کیا بری بات ہے۔"

دادا جان بھی اپنے پوپلے منھ سے ہنسنے لگے۔ بات ہنسی میں آئی گئی ہو گئی۔ اسی وقت فون کی گھنٹی بجی "ہیلو ——!" دوسری طرف سے آواز آئی "مجھے نامدار صاحب سے ملنا ہے۔"

"میں نامدار بول رہا ہوں" نامدار نے جواب دیا اور آواز سے اندازہ لگایا کہ بولنے والا اسی کی عمر کا کوئی لڑکا ہے۔

دوسری طرف سے آواز آئی "آپ سجاول خاں کی

جاگیر پر جا رہے ہیں؟"

"ہاں، مگر آپ کون ہیں؟" نامدار نے پوچھا۔

"مجھے افسوس ہے کہ میں اپنا نام نہیں بتا سکتا" دوسری طرف سے آواز آئی۔ "میں آپ کا ہمدرد ہوں"۔

"آپ کیسے ہمدرد ہیں کہ اپنا تعارف تک کرانا پسند نہیں کرتے" نامدار نے کہا۔

"میری بات غور سے سنیے۔ آپ سجاد دل خاں کی جاگیر پر نہ جائیں۔ گھڑسواری کی تربیت دینے والا حشمت خاں بہت خطرناک آدمی ہے۔ وہ آپ کو نقصان پہنچا سکتا ہے"۔

اس سے پہلے کہ نامدار کوئی سوال پوچھتا، فون بند کر دیا گیا۔ نامدار کو بہت حیرت ہوئی۔ بہت دیر تک وہ فون کے پاس کھڑا سوچتا رہا۔ پھر مسکرایا اور خود سے بولا "میں ایسی دھمکیوں سے ڈرنے والا نہیں، بلکہ اب تو وہاں ضرور جاؤں گا"۔

چلے جاؤ!

دوسرے دن سورج نکلنے سے پہلے نامدار اپنے دوستوں

مختار اور اکرم کے ساتھ سجاول خاں کی جاگیر کی طرف روانہ ہو گیا۔ تینوں گھوڑوں پر سوار تھے۔ تینوں خوش باش، صحت مند اور ہنس مکھ تھے۔ کبھی وہ گھوڑے تیز دوڑانے لگتے، کبھی آہستہ کر لیتے۔ آخر ہنستے کھیلتے سہ پہر کے قریب سجاول خاں کے علاقے میں پہنچ گئے۔ وہ بڑی سڑک پر جا رہے تھے کہ ایک شخص نے عجیب انداز میں ان پر ہنسنا شروع کر دیا۔ وہ آدمی ایک ریڑھے میں بیٹھا تھا۔ ریڑھا سبزی اور دوسری چیزوں سے لدا ہوا تھا۔ اس کے آگے ایک مریل سا گھوڑا جتا ہوا تھا۔ جب یہ تینوں دوست اس کے پاس پہنچے تو وہ انھیں دیکھ کر ہنسنے لگا اور ہنستا ہی چلا گیا۔

اکرم غصّے سے بولا "عجیب آدمی ہو! ہنس کیوں رہے ہو؟"

"ہنس رہا ہوں۔ میری مرضی" وہ بولا۔

"لیکن تمھیں ہم پر ہنسنے کا کوئی حق نہیں" مختار نے اسے ڈانٹا۔

"کیوں حق نہیں؟" وہ بولا "میں جس پر جی چاہے گا ہنسوں گا"۔

نامدار ریڑھے والے کو غور سے دیکھ رہا تھا۔ پھر

اُس نے اپنے دوستوں سے کہا "چھوڑو۔ پاگل لگتا ہے۔ ہلنے دو۔"

ریڑھے والا قہقہہ لگا کر بولا "یہ تمھیں آج نہیں کسی اور دن پتا چلے گا کہ میں کون ہوں"۔

مختار اور اکرم اس سے اُلجھنے لگے تو نامدار نے ان کو روک دیا اور بوبی کی رفتار تیز کر دی۔ دوسرے گھوڑے بھی بوبی کے پیچھے تیزی سے بھاگنے لگے۔

سجاول خاں نے جس جگہ گھڑسواری کی تربیت کے لیے کیمپ لگایا تھا، وہ بڑی پُر فضا جگہ تھی۔ یہ ایک کھلا میدان تھا جہاں ایک مکان میں سجاول خاں اور اس کی بیوی ٹھہرے ہوئے تھے۔ باقی پورے میدان میں خیمے لگے ہوئے تھے جن میں تربیت حاصل کرنے والے لڑکوں کو ٹھہرایا گیا تھا۔ میدان کے ایک طرف گھاٹی تھی اور باقی تین طرف پہاڑیاں۔ ایک طرف ایک بڑا سا تالاب بھی تھا جو نہانے کے لیے بنوایا گیا تھا۔

نامدار، مختار اور اکرم جب کیمپ کی حدود میں داخل ہوئے تو ایک لڑکا دوڑتا ہوا ان کی طرف آیا اور سلام کیے بغیر بدتمیزی سے بولا:

"نامدار کون ہے؟"

نامدار نے جواب دیا "میں نامدار ہوں۔ کہو، کیا بات ہے؟"

وہ تیزی سے بولا "حشمت خاں نے پیغام بھیجا ہے کہ تمھاری اب کیمپ میں کوئی ضرورت نہیں۔ تم اپنے دوستوں کے ساتھ واپس چلے جاؤ۔"

اکرم اور مختار حیرانی سے نامدار کی طرف دیکھنے لگے۔ لڑکا جانے لگا تو نامدار نے کہا :

"سُنو !"

لڑکا رُک گیا۔ نامدار نے کہا "حشمت خاں سے جا کر کہہ دو کہ ہم اس کی دعوت پر یہاں نہیں آئے۔ ہمیں جاگیر دار سجاول خاں صاحب نے بُلایا ہے۔ اُن سے مِل کر ہی جائیں گے۔"

لڑکا بولا "تمھاری مرضی۔ میں نے پیغام دے دیا ہے" یہ کہہ کر وہ بھاگ گیا۔

اکرم اور مختار کچھ حیران اور پریشان تھے۔ وہ نامدار کی طرف دیکھ رہے تھے جو ٹٹو پر سوار اپنے خیالوں میں گم آگے بڑھتا جا رہا تھا۔

تھوڑی دیر بعد وہ اس مکان کے سامنے رُکے جہاں جاگیر دار سجاول خاں ٹھہرا ہوا تھا۔ وہاں نچلی منزل میں ایک

بڑا ہال تھا جہاں سب کو کھانا کھلایا جاتا تھا۔ ہال کے ساتھ باورچی خانہ تھا جہاں اس وقت کھانا پکانے کی تیاری ہو رہی تھی۔

ایک بوڑھا آدمی آگے بڑھا، اس نے ان کو سلام کیا اور جب وہ تینوں گھوڑوں سے اُترے تو وہ بولا "یہ گھوڑے مجھے دے دو۔ میں ان کو باندھ آؤں"۔

نامدار بولا "ابھی آپ ان کا یہیں خیال رکھیں۔ ہم جاگیردار صاحب سے مِل آئیں۔ پھر انھیں لے جائیں"۔

"جیسی آپ کی مرضی"۔

نامدار اپنے دوستوں کے ساتھ مکان کے اندر داخل ہوا۔ وہ سیڑھیاں چڑھ کر اوپر پہنچے۔ ایک مُلازم سے اپنے آنے کی اطلاع کرائی۔ وہ جاگیردار کو خبر کرنے چلا گیا۔

تھوڑی دیر بعد وہ ایک کمرے میں بیٹھے تھے۔ جاگیردار سجاول خاں ان سے مل کر بہت خوش ہوا تھا۔ اُس نے سب کی خیریت دریافت کی، نامدار کے دادا جان کے بارے میں پوچھا اور پھر بولا:

"مجھے تمہارے آنے کی بڑی خوشی ہوئی۔ میری دعوت قبول کر کے تم نے بڑی عزت بڑھائی ہے"۔

اتنے میں جاگیردار سجاول خاں کی بیگم بھی آگئی۔ اُس نے لڑکوں کے سر پر ہاتھ پھیرا اور خیر خیریت پوچھی۔ پھر مُلازم چائے

ے آیا اور وہ سب چائے پینے لگے۔ نامدار نے ٹیلیفون پر ملنے والے پیغام کا ذکر سجاول خاں سے نہیں کیا اور نہ حشمت خاں والی بات بتائی۔ سجاول خاں نے کہا:

"یہاں کا سارا انتظام حشمت خاں کے سپرد ہے۔ وہ تم سے مل کر بہت خوش ہوگا، کیوں کہ اس کا بوجھ ہلکا ہو جائے گا۔"

نامدار نے کہا "آپ کی مہربانی کہ آپ نے ہمیں یہاں بلایا۔ ہم سے جو خدمت ہو سکے گی، بجا لائیں گے۔"

سجاول خاں اس سعادت مندی پر بہت خوش ہوا۔ بولا "تم میرے اپنے ہو اور تمھارے دوست بھی۔ تمھارے آرام کا پورا خیال رکھا جائے گا۔ ہم نے تمھارے لیے مکان میں ایک کمرا تیار کرا دیا ہے۔"

"ہم دوسرے لڑکوں کے ساتھ خیموں میں ہی ٹھہریں گے۔"

"اچھا تو پھر تمھارے لیے ایک علیحدہ خیمہ لگوا دیا جائے گا۔" یہ کہہ کر سجاول خاں نے ملازم کو اشارہ کیا اور وہ سر جھکا کر چلا گیا۔ تھوڑی دیر بعد وہ اپنے خیمے میں اپنا اپنا سامان ترتیب سے رکھ رہے تھے۔ اُن کے گھوڑے بھی محفوظ جگہ باندھ دیے گئے تھے۔

پہلی چوٹ

جب وہ خیمے سے باہر نکلے تو شام گہری ہو چکی تھی۔ انھوں نے کیمپ کا ایک چکر لگایا۔ نامدار کی طرح اکرم اور مختار نے بھی یہ محسوس کیا کہ کیمپ میں گھڑ سواری کی تربیت کے لیے آنے والے لڑکے اُن سے جان بُوجھ کر کترا رہے ہیں۔ وہ اُن کے پاس آنے اور بات کرنے کے لیے تیار نہیں۔ نامدار خاموش تھا لیکن اُس کے دوست اس صورتِ حال پر گفتگو کرنا چاہتے تھے۔

کھانے کا وقت ہوا تو سب لڑکے ہال کی طرف چل دیے۔ نامدار بھی اپنے دوستوں کے ساتھ وہاں پہنچا۔ نامدار کو یہ دیکھ کر بڑی خوشی ہوئی کہ سجاول خاں اور اُس کی بیوی مہمان لڑکوں کے ساتھ کھانا کھاتے تھے۔ نامدار کی نگاہیں کسی کو تلاش کر رہی تھیں۔ پھر ایک چہرے پر اس کی نگاہ جم گئی۔ وہ شخص پونے چھ فٹ کے قریب لمبا ہو گا۔ اس کا رنگ گہرا سانولا تھا۔ آنکھیں چھوٹی لیکن بہت تیز تھیں۔ ناک پھیلتے پھیلتے رہ گئی تھی۔ ہونٹ موٹے اور نیلے تھے۔ پاؤں گُھلے کُھلے تھے۔ چہرے پر بھاری مونچھیں تھیں۔ سب

لڑکے اس کو قدرے خوف زدہ نظروں سے دیکھ رہے تھے۔
یہ حشمت خاں تھا۔
سجاول خاں نے نامدار کو اس طرف دیکھتے ہوئے پایا تو حشمت خاں کو اشارے سے بلایا۔ حشمت خاں کی چال میں ایک عجیب طرح کا بے ڈھنگا پن تھا لیکن وہ بڑا اکڑ کر، سینہ پھلا کر، چلتا تھا۔ سجاول خاں نے اس کا تعارف نامدار اور اس کے دوستوں سے کرایا۔ نامدار نے اس سے ہاتھ ملاتے ہوئے محسوس کیا کہ اس کا ہاتھ بہت کھردرا اور سخت ہے۔ حشمت خاں نے ان کی آمد پر خوشی کا اظہار کیا تو نامدار نے بڑے بھولپن سے کہا:
"آپ نے کیمپ میں داخل ہوتے ہی ہمارا استقبال جس گرمجوشی سے کیا، اس سے میرا اور میرے دوستوں کا دل باغ باغ ہو گیا۔"
"تم حشمت خاں سے مل چکے ہو" سجاول خاں بولا، پھر حشمت خاں سے کہا "تم نے تو مجھے بتایا ہی نہیں کہ تم نے نامدار اور اس کے دوستوں کا استقبال کیا تھا۔"
حشمت خاں کی رنگت سیاہ پڑ گئی۔ وہ دانت پیس رہا تھا۔ نامدار مسکرا کر بولا "انھوں نے ایک لڑکے کو ہمیں خوش آمدید کہنے کے لیے بھیجا تھا۔ ان کے اس انداز

پر ہمارا جی خوش ہو گیا۔"

حشمت خاں نے نامدار کی طرف گھور کر دیکھا۔ نامدار سمجھ گیا کہ اُسے ڈر ہے کہ کہیں میں سجاول کو اصل بات نہ بتا دوں۔ وہ جلدی سے بولا:

"جناب حشمت خاں صاحب، ہم آپ کا ہاتھ بٹانے آئے ہیں اور انشاءاللہ آپ کے ساتھ پورا تعاون کریں گے۔"

"شکریہ۔ اب مجھے اجازت دیجیے۔ میں لڑکوں کے لیے کھانا لگواؤں۔" یہ کہ کر حشمت خاں وہاں سے کھسک گیا۔

نامدار کے دوست اکرم اور مختار بہت خوش تھے۔ وہ سمجھ گئے کہ نامدار جان بوجھ کر ابھی سجاول خاں کو کچھ بتانا نہیں چاہتا اور حشمت خاں کو بھی ڈھیل دے رہا ہے کہ وہ اپنا رویّہ بدل لے۔ لیکن جس انداز میں نامدار نے چوٹ کی تھی اور حشمت خاں بے بسی سے دانت پیسنے پر مجبور ہو گیا تھا، اس سے وہ بہت لطف لے رہے تھے۔

کھانے کے بعد اُنھوں نے تھوڑی دیر سجاول خاں کے ساتھ اِدھر اُدھر کی باتیں کیں اور پھر اپنے خیمے میں آگئے۔

رات کو تھوڑی دیر گپ شپ کے بعد تینوں دوست سو گئے۔ آدھی رات کے وقت اچانک نامدار کی آنکھ کھل گئی۔

کسی کے کراہنے کی آواز آرہی تھی۔ وہ جلدی سے بستر سے اُٹھا اور خیمے سے باہر نکلا۔ کچھ فاصلے پر، ایک خیمے کے سامنے ایک لڑکا بیٹھا رو رہا تھا۔ نامدار تیزی سے اس کی طرف بڑھا۔

"کیا ہوا؟" نامدار نے پُوچھا "کیوں رو رہے ہو؟"

لڑکا رونا بھول کر نامدار کو دیکھنے لگا۔ "بتاؤ نا، کیا بات ہے؟ کیوں رو رہے ہو؟" نامدار نے پُوچھا

"پیٹ میں درد ہو رہا ہے۔ میرے ساتھی سو رہے ہیں"۔

نامدار بولا "میرے پاس پیٹ کے درد کی گولیاں ہیں۔ دو گولیاں کھا لو گے تو منٹوں میں ٹھیک ہو جاؤ گے۔ میں ابھی لاتا ہوں"۔

لڑکا روتے روتے حیرت سے نامدار کو تکنے لگا۔ نامدار اسے وہیں چھوڑ کر اپنے خیمے میں آیا، بیگ میں سے گولیوں کی شیشی نکالی، دو گولیاں اور پانی کا گلاس لے کر باہر نکلا اور لڑکے کے پاس جا کر اسے گولیاں دے دیں۔ چند ہی منٹوں میں لڑکا رونا بھول گیا اور بولا:

"درد کم ہو گیا ہے"۔

"تھوڑی دیر صبر کرو۔ پُورا غائب ہو جائے گا" نامدار

نے کہا۔ چند منٹ دونوں خاموش رہے۔ پھر نامدار نے پوچھا "اب طبیعت کیسی ہے؟"

"اب تو بالکل ٹھیک ہے"۔ لڑکے نے ہنس کر کہا۔

"بھئی، تم نے اپنا نام تو بتایا ہی نہیں" نامدار نے شفقت سے پوچھا۔ لڑکا خاموش رہا۔ اس کے چہرے پر اُلجھن سی دکھائی دے رہی تھی۔ کچھ دیر بعد وہ بولا:

"آپ تو بہت اچھے ہیں۔ ہم کو آپ کے بارے میں بتایا گیا تھا کہ آپ بہت بُرے ہیں۔ لوگوں کو دھوکا دیتے اور جھوٹ بولتے ہیں"۔

نامدار نے ہنس کر پوچھا "یہ تم سے کس نے کہا تھا؟"

"حشمت خاں صاحب نے" لڑکے نے سرگوشی میں کہا۔

نامدار خاموش کھڑا رہا۔ پھر بولا "رات بہت ہو گئی ہے۔ اب جا کر سو جاؤ"۔

"میں آپ کا بہت شکرگزار ہوں۔ آپ نے مجھے گولیاں دیں۔ اب میرے پیٹ کا درد بالکل غائب ہو گیا ہے"۔

"ارے نہیں۔ ایسی کوئی بات نہیں۔ یہ میرا فرض تھا لیکن تم اپنا نام تو بتا دو"۔

لڑکا شرما گیا۔ پھر ادب سے بولا "جی، میرا نام دلشاد ہے۔ آپ مجھے اپنا دوست سمجھیں"۔

نامدار نے اس سے ہاتھ ملایا، کندھے پر تھپکی دی اور بولا "ہم آج سے پکّے دوست ہیں۔"

"میں سب کو بتاؤں گا کہ آپ بہت اچھّے ہیں۔ آپ کے بارے میں جو کچھ ہم سے کہا گیا تھا وہ سب جھوٹ اور غلط تھا۔"

نامدار اُس کا ہاتھ پکڑ کر دھیمی آواز میں کہنے لگا "نہیں۔ ابھی کسی سے یہ بات نہ کہنا۔ یہاں کوئی بڑی سازش ہو رہی ہے۔ ہمیں اس کا سراغ لگانا ہے۔"

"میں آپ کا ساتھ دُوں گا" دل شاد جوش سے بولا۔

"مجھے تم سے یہی امّید تھی۔ اب جا کر سو جاؤ۔ باقی باتیں کل ہوں گی۔" نامدار نے کہا۔

دِل شاد ہاتھ ملا کر اپنے خیمے میں چلا گیا۔

جھُورا جانگی

صُبح سب کو فجر کی نماز کے لیے اُٹھایا گیا۔ نماز کے بعد انھیں ورزش کرنی پڑی۔ ورزش کے بعد اُن کو پندرہ منٹ کا وقفہ دیا گیا کہ لباس تبدیل کر کے ناشتے

کے لیے آجائیں۔

ناشتے پر سجاول خاں اور بیگم بھی موجود تھے۔ سجاول خاں نے حشمت خاں سے کچھ کہا تو وہ بات کرتے ہوئے سر ہلانے لگا۔ مختار نے یہ بات خاص طور پر نوٹ کی۔ سجاول خاں اور اس کی بیگم اٹھ کر وہاں سے چلے گئے۔ اس وقت ان کا موڈ کچھ اچھا دکھائی نہ دے رہا تھا لیکن حشمت خاں کے چہرے پر مسکراہٹ تھی۔

اس نے لڑکوں کو احکام جاری کرنے شروع کردیے۔ جب سب لڑکوں کو وہ ٹولیوں میں بانٹ چکا تو اس نے اکرم اور مختار کی طرف دیکھا اور بولا:

"تم دونوں بھی آج سب کے ساتھ گھڑ سواری کے لیے جاؤ گے۔"

اکرم اور مختار نے نامدار کی طرف دیکھا جو خاموش کھڑا تھا۔ پھر اکرم نے بے اختیار حشمت خاں سے پوچھا "اور نامدار؟"

"وہ آج ہمارے ساتھ نہیں جائے گا۔ آج وہ سیر کرے یا آرام کرے۔"

"مگر کیوں؟" مختار نے پوچھا۔

"یہاں میرا حکم چلتا ہے" حشمت خاں رعب سے بولا

ڈسپلن کی پابندی کرانا مجھے خوب آتا ہے۔"
اکرم اور مختار نے نامدار کی طرف دیکھا تو وہ بولا "حشمت خاں واقعی اس کیمپ کے انچارج ہیں۔ ان کے حکم کی تعمیل ہم سب کا فرض ہے۔"
نامدار نے دیکھا کہ اس کے اس جواب سے اکرم، مختار اور دل شاد کے چہرے اتر گئے ہیں، جیسے انھیں شدید مایوسی ہوئی ہو۔
مختار اور اکرم نامدار کے پرانے دوست تھے لیکن دل شاد نیا نیا دوست بنا تھا۔ وہ بڑا جذباتی ہورہا تھا۔ وہ نامدار کے پاس جاکر بولا:
"یہ تعویذ اپنے پاس رکھ لیں، بلکہ گلے میں ڈال لیں۔"
نامدار نے کچھ دلچسپی اور حیرانی سے اُسے دیکھا اور پھر پوچھا "مگر کیوں؟"
"یہ میری امّی نے مجھے چلتے وقت حفاظت کے لیے دیا تھا۔ آپ اب میرے دوست اور نگہبان بن چکے ہیں۔ اس لیے میں چاہتا ہوں کہ ہمارے واپس آنے تک آپ اسے میری نشانی سمجھ کر گلے میں ڈالے رکھیں۔"
حشمت خاں نے سب لڑکوں کو گھوڑوں پر سوار ہونے کا حکم دیا۔ ایک قطار میں حشمت خاں سب سے آگے تھا۔

اس قطار میں اکرم، مختار اور دل شاد بھی تھے۔ غم زدہ دکھائی دے رہے تھے۔ نامدار جیسے گھڑسوار کو یوں نظر انداز کر دینا حیرانی کی بات تھی اور حشمت خاں نے یہ بات ثابت کر دی تھی کہ اس کے دل میں نامدار کے لیے صرف نفرت تھی۔

نامدار اُنھیں جاتے ہوئے دیکھتا رہا۔ اس کا دل بھی بوجھل ہو گیا تھا لیکن اس نے جاگیردار سجاول خاں سے شکایت کرنا مناسب نہ سمجھا۔ پھر اچانک اسے ایک بات یاد آ گئی۔ وہ مسکرایا اور اپنے آپ سے کہنے لگا:

"یہ تو اچھا ہوا کہ مجھے حشمت خاں آج اپنے ساتھ لے کر نہیں گیا۔ میں ایک خاص کام کر سکوں گا......."

نامدار نے اصطبل کے بوڑھے چوکیدار سے چند باتیں پوچھیں، پھر اپنے گھوڑے لوبی پر سوار ہو کر وہاں سے چل دیا۔ نصف گھنٹے بعد وہ اس علاقے میں جا نکلا جہاں کبھی گھوڑوں کی چوکی اور سرائے ہوا کرتی تھی اب وہاں دوسری عمارتیں بن چکی تھیں اور بازار تھا۔

یہ عجیب و غریب علاقہ تھا۔ آبادی سے کچھ فاصلے پر کھنڈر پھیلے ہوئے تھے۔ نامدار نے بازار میں سیر کی اور پھر چائے پینے کے لیے ایک ہوٹل میں چلا گیا۔

بوبی کو اس نے باہر باندھ دیا تھا۔
ایک بوڑھا آدمی پہلے تو اُسے غور سے دیکھتا رہا، پھر اُٹھ کر اس کے پاس آگیا اور بولا "میاں صاحبزادے تمہارا گھوڑا تو بہت اعلیٰ نسل کا ہے۔"

"شکریہ۔"

"ویسے بھی گھڑسوار لگتے ہو۔"

"جی۔۔۔۔"

"سجاول خاں کے کیمپ پر آئے ہو گے۔"

"جی ہاں" نامدار نے جواب دیا۔

ملازم چائے لے آیا تو نامدار نے اس بوڑھے کو بھی چائے پیش کی۔ بوڑھا خوش ہو کر بولا "میرا نام جھورا جانگلی ہے۔"

نامدار اُسے غور سے دیکھتے ہوئے کچھ سوچنے لگا۔ وہ جانتا تھا کہ اس علاقے کے قدیم باشندے جانگلی تھے جو وقت کے ہاتھوں مر کھپ گئے، یا پھر انھوں نے اپنے رسم و رواج کو چھوڑ کر نئی رسمیں اپنا لیں۔ تاہم کچھ گھرانے اب بھی اپنے جانگلی ہونے پر فخر کرتے تھے اور پُرانے انداز کی زندگی ہی بسر کرتے تھے۔

نامدار نے کہا "آپ سے مل کر بہت خوشی ہوئی۔ آپ

کی عمر کیا ہو گی ؟"

جانگلی مسکرایا، پھر قہقہہ لگا کر بولا "میری عمر اس وقت اسّی برس ہے"

نامدار اُسے غور سے دیکھنے لگا۔ بوڑھا اسّی برس کا نہیں لگتا تھا۔ اب بھی اس کی صحت خاصی اچھی تھی۔

نامدار نے پوچھا :

"آپ اِسی علاقے کے رہنے والے ہیں ؟"

"یہیں پیدا ہوا اور یہیں کی مٹی میں مل جانا ہے" جھورا جانگلی بولا۔

"آپ مجھے بتا سکتے ہیں کہ وہ پرانی سرائے اور گھوڑوں کی چوکی کہاں تھی جسے کسی زمانے میں ڈاکوؤں نے لوٹا تھا۔"

ایک عجیب طرح کی معنی خیز مسکراہٹ جھورا جانگلی کے چہرے پر ظاہر ہوئی۔ وہ بولا "میں اس کا بھی کھوج لگا کر بتا دوں گا۔ یہاں اصل چیز تو اور ہے جو دیکھنے کے قابل ہے۔"

"وہ کیا چیز ہے ؟"

"گندھک کے پانی والی نیلی جھیل" جھورا جانگلی بولا "دیکھو گے ؟"

نامدار سمجھ گیا کہ بوڑھا بہت کچھ جانتا ہے لیکن ایک ہی بار سب کچھ بتانا نہیں چاہتا۔ اس نے اس سے تعلقات بڑھانے کا فیصلہ کرلیا اور بولا :

"ہاں، ضرور دیکھوں گا۔"

"تو آؤ پھر چلیں۔"

نامدار نے چائے کے پیسے دیے اور وہ باہر نکل آئے۔ جب نامدار بوبی پر سوار ہوا تو اس نے دیکھا کہ جھورا جانگلی بھی ایک خچر پر سوار ہو رہا ہے۔ جھورا جانگلی کہنے لگا :

"میری طرح میرا خچر بھی بوڑھا ہے لیکن ہے بڑا وفادار کبھی کبھی شرارت بھی کرلیتا ہے۔"

وہ دونوں بازار سے باہر نکلے۔ جھورا جانگلی خچر پر آگے آگے جا رہا تھا۔ تھوڑی دیر بعد وہ ویرانے میں پہنچ گئے جس کے ایک طرف کھنڈر اور اونچے نیچے ٹیلے تھے۔ کچھ غار بھی تھے۔ جھورا جانگلی آگے بڑھتا گیا اور پھر ایک جگہ رک کر وہ خچر سے اترا۔ نامدار بھی بوبی سے اتر گیا۔

بوبی اور خچر کو وہیں چھوڑ وہ آگے بڑھے۔ پھر نامدار نے عجیب طرح کی آوازیں سنیں۔ وہ تیزی سے آگے بڑھا۔

اس کے سامنے ایک نیلی سی جھیل تھی جس کے پانی میں بھنور پیدا ہو رہے تھے۔

جانگلی بولا "ایک زمانہ تھا کہ اس جھیل کے پانی کو جو چھوتا تھا، اس کا ہاتھ جھلس جاتا تھا لیکن اب یہ اتنا گرم نہیں ہے"۔

"اب کیا ہوا؟" نامدار نے پوچھا۔

"گندھک ختم ہو گئی ہے۔ پہلے لوگ مختلف بیماریوں کے علاج کے لیے یہاں آتے تھے"۔

نامدار نے تالاب کے کنارے جھک کر پانی میں ہاتھ ڈالا۔ پانی نیم گرم تھا۔ وہ دوسرا ہاتھ بھی پانی میں ڈالنے لگا۔ اس طرح اس کا سر زیادہ جھک گیا اور دل شاد نے اُسے جو تعویذ دیا تھا وہ اس کے گلے میں سے نکل کر جھیل میں جا گرا۔

نامدار کا دل دھک سے رہ گیا۔ وہ دل شاد کو کیا جواب دے گا۔ اس کے دیکھتے دیکھتے تعویذ پانی کی تہ میں جا کر غائب ہو گیا تھا۔ وہ پانی میں اُترنے لگا تو جھورا جانگلی بولا "یہ کیا کر رہے ہو؟"

نامدار نے اسے بتایا کہ اس کا تعویذ پانی میں گر گیا ہے اور وہ اسے ڈھونڈنے جھیل میں اُتر رہا ہے۔ یہ کہ کر وہ

کپڑوں سمیت پانی میں اُتر گیا۔ پانی اس کی کمر سے کچھ اُونچا تھا۔ اس نے پانی میں ڈبکی لگا کر تعویذ ڈھونڈنے کی بہت کوشش کی لیکن ناکام رہا۔ وہ اسے کہیں دکھائی نہ دیا۔ آخر وہ مایوس ہو کر باہر نکل آیا۔

"آؤ اب واپس چلیں" جانگلی نے کہا۔

لیکن نامدار ابھی تک پانی کو گھور رہا تھا۔ اُسے یہ خیال ستا رہا تھا کہ وہ دل شاد کو کیا جواب دے گا۔ لیکن اب وہاں ٹھہرنا بے کار تھا۔ جب وہ کھنڈروں سے باہر نکلے تو جھوُرا جانگلی بولا:

"میں شام کو تمھارے کیمپ میں آؤں گا۔ پھر جو تم نے پُوچھا تھا، اس پر بات ہو گی۔"

چیلنج

حشمت خاں اُس روز گھڑ سواری سیکھنے والے لڑکوں کو جنگل کی طرف لے گیا۔ جنگل میں راستہ بہت چھوٹا تھا اور خطرناک بھی۔ تمام گھوڑے قطار اندر قطار چل رہے تھے۔ ڈھلوان اور تنگ راستے پہ گھڑ سواری سکھانے کا یہ مطلب

تھا کہ گھڑسوار ہر طرح کے خطرناک راستے پر گھوڑے پر قابو رکھنا سیکھ جائے۔

حشمت خاں کی چالاک اور تجربہ کار آنکھوں نے بھانپ لیا تھا کہ تمام لڑکوں میں مختار اور اکرم اچھے قسم کے گھڑسوار ہیں۔ وہ چوں کہ پہلے سے گھڑسواری کا شوق رکھتے تھے اور اس کا ان کو تجربہ بھی تھا، اس لیے وہ بڑے اعتماد سے گھوڑوں پر بیٹھے تھے، جب کہ دوسرے لڑکے سہمے ہوئے دکھائی دے رہے تھے۔

حشمت خاں کا طرزِ عمل مختار اور اکرم کی سمجھ سے باہر تھا۔ لیکن اس بات کا انھیں ضرور احساس ہو گیا تھا کہ حشمت خاں ان کے عزیز دوست نامدار سے خار کھانے لگا ہے۔ حشمت خاں پیچھے مڑ کر سب کو ایک نظر دیکھ لیتا۔ جب مختار اور اکرم کی طرف دیکھتا تو اس کے چہرے پر ایک عجیب طرح کی مسکراہٹ پھیل جاتی۔

تھوڑی دیر بعد سب لوگ جنگل کے اندر پہنچ گئے۔ یہ انوکھا جنگل تھا۔ تین طرف درخت ہی درخت تھے جن کے سرے ایک دوسرے سے ملے ہوئے تھے۔ ایک طرف چار پہاڑیاں تھیں جو ایک دوسرے کے ساتھ جڑی ہوئی تھیں۔ اِن پہاڑیوں کے سامنے حشمت خاں نے سب کو رکنے کا

اِشارہ کیا اور جب گھڑ سوار گھوڑوں کو ایک دائرے کی شکل میں کھڑا کر چکے تو حشمت خاں دائرے کے اندر کھڑا ہو کر کہنے لگا :
"تھوڑی دیر بعد واپسی کا سفر شروع ہوگا۔ ہمیں دوپہر کے کھانے سے پہلے پہلے کیمپ پہنچنا ہے"
لڑکے اس کی طرف دیکھ رہے تھے۔ حشمت خاں نے بات جاری رکھی "تم میں سے کون ایسا لڑکا ہے جو اس پہاڑی پر گھوڑے کو چڑھا سکتا ہے ؟"
سب لڑکے خاموش رہے لیکن ان سب کی نگاہیں ان پہاڑیوں پر جم گئیں جو ایک دوسرے کے ساتھ جڑی ہوئی کھڑی تھیں۔ درمیان والی پہاڑی کو دیکھو، حشمت خاں بولا۔ سب لڑکے درمیان والی پہاڑی کو دیکھنے لگے۔
"پہاڑی کی چوٹی پر جانے کی ضرورت نہیں"حشمت خاں نے کہا "بس پہاڑی کے اُوپر چڑھو اور آدھے راستے سے واپس آ جاؤ"
کوئی لڑکا پہاڑی پر جانے کے لیے آمادہ دکھائی نہ دے رہا تھا۔ مختار نے دیکھا کہ حشمت خاں بار بار اس کی طرف دیکھ رہا ہے۔ آخر اُس نے اُسے اشارہ کرکے کہا "میرے پاس آؤ" مختار نے گھوڑے کو ایڑ لگائی اور اُسے حشمت خاں کے

سامنے لا کھڑا کیا۔

"تمہارا دوست اور تم گھڑ سواری کے بڑے دعوے کرتے ہو" حشمت خاں نے طنزیہ لہجے میں کہا۔

مختار نے اکرم کی طرف دیکھا۔ دونوں نے حشمت خاں کے لہجے کو محسوس کیا۔ حشمت خاں کہہ رہا تھا:

"ذرا اپنی گھڑ سواری کا مظاہرہ کر کے تو دکھاؤ۔ ہم بھی دیکھیں کہ تم کتنے پانی میں ہو۔"

مختار خاموشی سے غصّے کو ضبط کر رہا تھا اور حشمت خاں اُسے برابر گھورے جا رہا تھا۔ پھر حشمت خاں نے ایک زوردار قہقہہ لگایا اور بولا:

"نامدار بھی ایسا ہی گھڑ سوار ہوگا۔ ان لڑکوں کو ڈینگیں مارنے کی بڑی عادت ہے۔"

کچھ لڑکوں نے حشمت خاں کا ساتھ دیا اور وہ بھی ہنسنے لگے۔ مختار نے اکرم کی طرف دیکھا اور پھر بولا:

"میں پہاڑی پر جا رہا ہوں۔"

"اگر تم گھوڑے کو سنبھال نہ سکے تو میں ذمّے دار نہ ہوں گا" حشمت خاں نے کہا۔

"آپ میری کسی بات کے ذمّے دار نہیں ہیں" مختار نے جواب دیا۔

حشمت خاں طنزیہ لہجے میں بولا "میں جانتا ہوں کہ تم اپنے دعوے کو سچا ثابت کرنے کے لیے ایسی باتیں کر رہے ہو۔ اگر تم اتنے ہی اچھے گھڑ سوار ہوتے جتنا تم نے اپنے اور نامدار کے بارے میں مشہور کر رکھا ہے تو باتیں بنانے کی بجائے اب تک پہاڑی پر پہنچ چکے ہوتے۔"

مختار نے گھوڑے کو ایڑ لگائی تو وہ گھوڑوں کے دائرے میں سے نکل کر پہاڑی کی طرف بڑھنے لگا۔

تمام لڑکوں کی نگاہیں مختار پر گڑ گئیں جو بڑے وقار اور اعتماد سے گھوڑے کو پہاڑی پر چڑھا رہا تھا۔ حشمت خاں نے اپنے گھوڑے کا رُخ موڑا پھر ایک لڑکے کو دیکھا جو دوسرے لڑکوں کی طرح مختار کو دیکھ رہا تھا۔ اُس نے اس لڑکے کے کندھے پر ہاتھ رکھا۔ لڑکا چونکا۔ حشمت خاں نے اسے اشارہ کیا تو وہ خاموشی سے گھوڑے کو دوسرے لڑکوں کے گھوڑوں سے دُور لے گیا۔ حشمت خاں اس کے پاس جا کر سرگوشی میں کچھ کہنے لگا۔ لڑکے نے پہلے تو انکار میں سر ہلایا لیکن جب حشمت خاں کے چہرے پر خفگی دیکھی تو اس کی بات مان لی۔

وہ لڑکا کوئی سو گز کے فاصلے پر جا کر گھوڑے سے اُترا اور اُسے ایک درخت سے باندھ کر درختوں

میں گم ہو گیا۔

خطرناک شرارت

لڑکے مختار کو پہاڑی پر چڑھتے دیکھ رہے تھے۔ جس انداز سے مختار گھوڑے پر بیٹھا تھا، وہ لڑکوں کے لیے حیران کن تھا۔ وہ بہت تجربہ کار گھڑسوار دکھائی دے رہا تھا۔

پہاڑی پر چڑھائی بلاشبہ خطرناک تھی۔ لیکن مختار بڑے حوصلے والا لڑکا تھا۔ تمام لڑکے دل ہی دل میں اس کو داد دے رہے تھے، لیکن حشمت خاں حقارت سے اُسے دیکھ رہا تھا جیسے مختار کی کامیابی نے اس کو ذلیل کردیا ہو اور وہ اپنی شرمساری اور ذلت کو حقارت کے پردے میں چھپا رہا ہو۔

مختار پہاڑی کی چوٹی کے قریب پہنچا اور پھر اس نے گھوڑے کا رُخ موڑ کر دُور نیچے کھڑے لڑکوں اور حشمت خاں کی طرف دیکھا۔ اسے اپنی کامیابی پر خوشی محسوس ہو رہی تھی۔ وہ جانتا تھا کہ جس اطمینان سے

وہ اُوپر آیا ہے اسی طرح وہ نیچے بھی اُتر جائے گا۔

اُس نے واپس چلنے سے پہلے گھوڑے کو پیار سے تھپکی دی۔ اُس نے سوچا کہ اس وقت نامدار یہاں ہوتا تو کتنا خوش ہوتا۔ اس نے اپنے دل میں کہا کہ کیمپ جا کر میں نامدار کو سب کچھ بتاؤں گا۔

گھوڑا سنبھل سنبھل کر، پاؤں جما جما کر اُترنے لگا۔ اُترائی چڑھائی سے زیادہ دُشوار اور خطرناک ہوتی ہے۔ لیکن مختار کو کوئی خوف نہ تھا۔ اُسے اپنے اُوپر بھی اعتماد تھا اور اپنے وفادار گھوڑے پر بھی۔

بعض وقت یُوں لگتا جیسے گھوڑا ابھی پھسل جائے گا۔ نیچے کھڑے لڑکوں کی آنکھیں حیرت اور دلچسپی سے پھٹی جا رہی تھیں۔ مختار کا گھوڑا اب آدھے سے زیادہ فاصلہ طے کر چکا تھا اور اب ڈھلان زیادہ خطرناک نہ تھی۔

حشمت خاں نے لڑکوں پر ایک نگاہ ڈالی اور پھر مختار کو دیکھنے لگا۔ اُس کے چہرے پر اطمینان کی جھلک تھی۔

مختار کا گھوڑا اب پہاڑی کے آخری حصے تک پہنچ چکا تھا اور چند منٹوں میں پہاڑی ختم ہونے والی تھی۔

کہ اچانک ایک بڑا سا کنکر اُچھلتا ہوا آیا اور گھوڑے کی گردن پر زور سے لگا۔

گھوڑا گھبرا گیا۔ اسے خاصی چوٹ لگی تھی۔ وہ درد سے ہنہنایا اور اس کے ساتھ ہی اُس نے اپنی اگلی ٹانگیں کھڑی کر دیں۔ یہ لمحہ بڑا خطرناک تھا۔ مختار کو پسینا آ گیا۔ اس کا توازن بگڑ گیا اور وہ گرتے گرتے بچا۔ وہ گھوڑے کے ساتھ چمٹ گیا تھا، لیکن گھوڑا غصّے سے ہنہنا رہا تھا۔ وہ کبھی اگلی ٹانگیں اور کبھی پچھلی ٹانگیں اوپر اُٹھا کر زور زور سے زمین پر مارتا۔ اس کے ساتھ چمٹا ہوا مختار اُچھلتا اور یوں لگتا جیسے وہ ابھی نیچے گر جائے گا۔

اکرم بے چین ہو رہا تھا۔ اس کے دوست کی زندگی خطرے میں تھی۔ کچھ لڑکے جو کمزور دل کے تھے، خوف سے چیخنے اور رونے لگے تھے۔ لیکن حشمت خاں مسکرا رہا تھا۔

وہ لڑکا جس نے وہ کنکر مختار کے گھوڑے کے مارا تھا، چپکے سے اپنے گھوڑے پر سوار ہو کر دوسرے لڑکوں کے درمیان پہلے کی طرح کھڑا ہو گیا تھا۔ اس کے چہرے پر خوف صاف دکھائی دے رہا تھا۔

اکرم گھوڑا آگے بڑھا کر اپنے دوست کی طرف جانے لگا تو حشمت خاں نے آواز دی "رک جاؤ! اپنے آپ کو خطرے میں نہ ڈالو!"

لیکن اکرم نے اس کی بات پر توجّہ نہ دی۔ اس دوران میں مختار اپنے ہوش و حواس پوری طرح بحال کر چکا تھا۔ وہ گھوڑے کی کمر سے چمٹا ہوا اسے پچکار رہا تھا جس سے اس کا غصّہ کچھ ٹھنڈا ہو گیا تھا۔ چند لمحوں بعد وہ پھر سنبھل سنبھل کر نیچے اتر رہا تھا۔

نیچے کھڑے لڑکوں نے زور زور سے تالیاں پیٹنا شروع کر دیں۔ وہ مختار کی کامیاب واپسی پر خوش ہو رہے تھے مگر حشمت خاں ہونٹ چبا رہا تھا۔ پتھر پھینکنے والا لڑکا آنکھیں جھکائے گھوڑے پر بیٹھا تھا۔

جب مختار پہاڑی سے اتر آیا تو اکرم نے اپنے گھوڑے کو آگے بڑھا کر مختار کے کندھے کو تھپکا۔ پھر دونوں نے ہاتھ ملائے۔ اکرم کی آنکھوں میں خوشی سے آنسو بھر آئے تھے۔ لڑکے ابھی تک زور زور سے تالیاں بجا کر مختار کا استقبال کر رہے تھے۔

حشمت خاں نے لڑکوں کو گھورا تو انھوں نے تالیاں بجانا بند کر دیں۔ حشمت خاں نے چیخ کر کہا:

"تم میں سے کس نے یہ شرارت کی تھی؟ وہ کون تھا جس نے مختار کے گھوڑے کے کنکر مارا تھا؟ میں ایسی خطرناک شرارت کرنے والے لڑکے کو سخت سزا دوں گا۔"

"کیا تم نے پتھر پھینکنے والے کو دیکھا تھا؟" مختار نے اکرم سے پوچھا۔

"نہیں، لیکن میرا دل گواہی دیتا ہے کہ یہ حشمت خاں کی شرارت تھی۔"

"لیکن اکرم، اسے میرے ساتھ کیا دشمنی تھی؟ گھوڑا بدک کر مجھے نیچے گرا دیتا تو میں مر بھی سکتا تھا۔"

"ایسا نہ کہو، میرے دوست۔ خدا کا شکر ہے کہ اس نے تمھیں بال بال بچالیا۔ ویسے یہ شرارت ہے حشمت خاں کی۔"

پھر دونوں دوست خاموش ہو گئے۔ دوسرے لڑکے بھی خاموش تھے۔ کیمپ قریب آتا جا رہا تھا۔

نامدار کیمپ میں پہلے سے موجود تھا۔ اس نے آگے بڑھ کر سب کا استقبال کیا۔ پھر اس نے اکرم، مختار اور دل شاد کو مخاطب کر کے کہا:

"کہو، لطف آیا سواری کا؟"

دل شاد پھوٹ پڑا۔ وہ تیز تیز لہجے میں نامدار کو بتانے

لگا کہ کس طرح ایک طرف سے ایک پتھر آیا اور کس طرح مختار بال بال بچا۔

نامدار کا چہرہ رنگ بدل رہا تھا۔ صاف ظاہر تھا کہ وہ اپنے غصے کو دبانے کی کوشش کر رہا ہے۔

دل شاد کی بات ختم ہونے سے پہلے ہی وہ تیزی سے حشمت خاں کی طرف لپکا جو گھوڑے سے اتر کر اپنے خیمے کی طرف جا رہا تھا۔

"میری بات سنیے جناب"۔

حشمت خاں مڑا اور بڑی رکھائی سے بولا "کہو، کیا بات ہے؟"

"وہ لڑکا کون تھا جس نے گھوڑے کے کنکر مارا تھا؟"

"اوہ ــــــ!" حشمت خاں بولا "یہ میرا کام ہے، اور میں اس کو ڈھونڈ نکالوں گا۔ تم جاؤ۔ اپنا کام کرو"۔

یہ کہہ کر وہ آگے بڑھا تو نامدار نے اس کا راستہ روک لیا۔ حشمت خاں غصے سے بولا:

"یہ کیا بدتمیزی ہے؟ ہٹو راستے سے"۔

"میرے سوال کا جواب دیجیے"۔

"تم مجھے روکنے اور حکم دینے والے کون ہوتے ہو

حشمت خاں نے غصے سے کہا "جاؤ، جاکر اپنا کام کرو۔ میں اس لڑکے کا پتا چلا کر اسے خود ہی سزا دے دوں گا۔"

"تو پھر پتا چلائیے۔ ابھی سب لڑکوں کو جمع کیجیے۔"

"میں کہہ رہا ہوں کہ مجھے نافرمان لڑکوں سے سخت نفرت ہے۔ میرے حکم کی تعمیل کرو، اور چلے جاؤ۔ میں اس کیمپ کا انچارج ہوں۔"

"اسی لیے تو میں کہہ رہا ہوں کہ آپ انچارج کی حیثیت سے اپنا فرض ادا کیجیے۔ اگر ممتاز کو کچھ ہو جاتا تو....؟"

"کچھ ہوا تو نہیں۔ تم خواہ مخواہ شور مچا رہے ہو۔"

"اس کی ایک وجہ ہے۔" نامدار نے ایک ایک لفظ پر زور دے کر کہا۔ "مجھے شک ہے کہ وہ شرارت آپ کے اشارے پر ہوئی۔"

"کیا بکتے ہو؟" حشمت خاں بولا "پاگل ہو گئے ہو؟"

"آپ اپنی بے گناہی ثابت کریں۔" نامدار نے کہا۔

"اگر میں ایسا نہ کروں تو تم میرا کیا کر لوگے؟" حشمت خاں نے بڑے زہریلے انداز میں پوچھا۔

"آپ پچھتائیں گے۔" نامدار نے جواب دیا۔

"مجھے دھمکی دیتے ہو؟ میں ابھی سجاول خاں صاحب

سے بات کرتا ہوں۔ تمھیں آج ہی کیمپ سے نکلواتا ہوں"۔
"جائیے، یہ کوشش بھی کر دیکھیے"۔
حشمت خاں غصے سے پاؤں پٹختا اور بڑبڑاتا ہوا وہاں سے کھسک گیا۔ نامدار اُسے دیکھتا رہا۔ پھر اُس نے لڑکوں کو آواز دی۔ لڑکے جمع ہو گئے تو نامدار نے دلشاد اور اکرم سے کہا:
"ذرا دیکھنا، کوئی لڑکا کسی خیمے میں تو نہیں ہے"۔
پھر کچھ سوچ کر تیزی سے بولا "تم ٹھہرو، میں خود دیکھتا ہوں"۔
یہ کہ کر وہ ایک ایک خیمے میں جھانکنے لگا۔ پھر اچانک وہ ایک خیمے میں داخل ہو گیا۔ خیمے کے اندر وہی لڑکا جس نے پتھر گھوڑے کو مارا تھا، منھ کے بل لیٹا ہوا رو رہا تھا۔ قدموں کی چاپ سُن کر وہ اُٹھ کر بیٹھ گیا اور نامدار کو دیکھ کر کانپنے لگا۔
نامدار نے اسے پکڑ کر اوپر اُٹھایا اور اس کے کندھے پر ہاتھ رکھ کر بولا "ڈرنے کی ضرورت نہیں۔ میں تمھیں کچھ نہیں کہوں گا۔ مجھے معلوم ہو گیا ہے کہ تم ہی وہ لڑکے ہو جس نے مختار کے گھوڑے کو پتھر مارا تھا۔ لیکن میں یہ پوچھنا چاہتا ہوں کہ تم نے ایسی حرکت کیوں کی؟"

لڑکا کانپ رہا تھا۔ اُس کی آنکھیں آنسو بہا رہی تھیں۔ نامدار نے کہا "سچ بولو گے تو تمھیں کوئی نقصان نہ ہو گا۔"

لڑکا اپنے ہونٹ کاٹ رہا تھا۔ اُس کی آنکھوں سے آنسو جاری تھے۔ نامدار بولا "بولو، ورنہ دوسرے لڑکوں کو شک ہو جائے گا۔"

لڑکے نے رُک رُک کر کہا "حشمت خاں نے مجھے پتھر مارنے کو کہا تھا۔۔۔۔۔ میں نے انکار کیا تو انھوں نے مجھے پیٹنے کی دھمکی دی تھی۔ مجھے معاف کر دیں۔۔۔۔"

نامدار نے اسے آنسو پونچھنے کے لیے کہا۔ جب وہ آنسو پونچھ چکا تو نامدار نے کہا "تمھارا نام کیا ہے؟"

"جلال، جلال الدین۔"

"سنو جلال، میں کسی پر ابھی یہ راز فاش نہ کروں گا۔ اگر حشمت خاں تم سے پوچھے تو تم صاف کہ دینا کہ تم نے مجھے کچھ نہیں بتایا۔ اگر کسی وقت تمھاری گواہی کی ضرورت پڑی تو وعدہ کرو کہ تم سچ بولو گے۔ میں تمھیں یقین دلاتا ہوں کہ حشمت خاں تمھیں کوئی نقصان نہ پہنچا سکے گا۔"

"میں وہی کروں گا جو آپ کہتے ہیں۔ مجھے بڑی شرمندگی

ہے کہ میں نے ایسی غلط حرکت کی۔ اگر مختار کو کچھ ہو جاتا تو میں اپنے آپ کو کبھی معاف نہ کرتا۔"

"شاباش! تم بہت اچھے لڑکے ہو۔ اب میرے ساتھ باہر چلو۔"

دونوں باہر نکل آئے۔ اسی وقت کھانے کی گھنٹی بجی۔ نامدار نے لڑکوں سے کہا "دوستو، پہلے کھانا کھالیں، پھر اس لڑکے کو ڈھونڈیں گے جس نے مختار کے گھوڑے کو پتھر مارا تھا۔

سب لڑکے کھانے کے لیے چل دیے۔

پاگل اجنبی

نامدار کو پورا یقین تھا کہ حشمت خاں ایک خطرناک مگر بزدل دشمن ہے۔ کھانے کے ہال میں سجاول خاں اور ان کی بیگم موجود تھے۔ انھوں نے جس انداز میں لڑکوں کا استقبال کیا اور نامدار سے بات چیت کی، اُس سے صاف ظاہر تھا کہ حشمت خاں کے ساتھ اس کا جو جھگڑا ہوا ہے اس کے بارے میں حشمت خاں نے جاگیردار سجاول خاں

کو کچھ نہیں بتایا۔

نامدار نے بھی کچھ بتانا مناسب نہ سمجھا اور کھانا کھانے لگا۔ حشمت خاں دُور بیٹھا تھا۔ اُس کی نگاہیں جھکی ہُوئی تھیں اور وہ کسی کی طرف نہیں دیکھ رہا تھا۔

کھانے کے بعد سب لڑکے باہر میدان میں جمع ہو گئے اور گپ شپ ہونے لگی۔ نامدار نے اس موضوع کو چھیڑنا مناسب نہ سمجھا بلکہ اپنے دوستوں سے بھی دوسری ہی باتیں کرتا رہا۔ مختار اور اکرم سمجھ گئے کہ کسی خاص وجہ سے نامدار اس بات کو آگے بڑھانا نہیں چاہتا اس لیے انھوں نے بھی یہ بات نہ چھیڑی۔

جب سب لوگ اپنے اپنے خیمے میں آرام کرنے چلے گئے تو نامدار نے مختار سے کہا "تم نے جس ہمّت کا ثبوت دیا اس سے میں بہت خوش ہوں۔ لیکن وہ پتھر کس نے پھینکا تھا، کیوں پھینکا تھا، اس کے بارے میں ابھی خاموش رہنا ہی بہتر ہے۔ میں چاہتا ہوں کہ تم اور اکرم حشمت خاں پر نظر رکھو اور اس سے خبردار رہو"۔

تھوڑی دیر بعد وہ آرام کرنے کے لیے اپنے خیمے میں چلے گئے۔ تینوں اپنے اپنے خیالوں میں گُم تھے۔ سجاول خاں کی جاگیر میں پہنچتے ہی انھیں ایسے واقعات کا

سامنا کرنا پڑ رہا تھا جو بہت انوکھے اور تکلیف دہ تھے۔ نامدار کو کئی پریشانیوں نے گھیر رکھا تھا۔ ان میں ایک پریشانی دلشاد کے اس تعویذ کی تھی جو وہ جھیل میں گرا آیا تھا۔ وہ بار بار سوچتا کہ وہ دلشاد کو کیا جواب دے گا۔

اس نے دیکھا کہ مختار، اکرم اور دلشاد سو گئے ہیں۔ اس نے بھی سونے کی کوشش کی لیکن اُسے نیند نہیں آئی۔

اتنے میں اصطبل کے بوڑھے نگران نے خیمے کے اندر جھانکا۔ نامدار اُسے دیکھ کر باہر نکل آیا اور بولا "بابا، کیا بات ہے؟"

"ایک آدمی آپ سے ملنا چاہتا ہے" بابا بولا۔

نامدار نے اِدھر اُدھر دیکھا لیکن اسے کوئی اجنبی دکھائی نہ دیا۔ پھر اسے جھورا جانگلی کا خیال آیا، لیکن اس نے تو کہا تھا کہ وہ شام کے وقت آئے گا۔

"وہ کون ہے اور کہاں ہے؟"

"اصطبل کے پاس کھڑا ہے۔"

کچھ کہے بغیر نامدار اس کے ساتھ چل پڑا۔ اصطبل کے پاس ایک عجیب سی وضع قطع کا آدمی ایک گھوڑے کے پاس کھڑا تھا۔ وہ کم از کم ساٹھ برس کا ہو گا۔ مونچھیں بڑی بڑی، داڑھی خشخشی تھی جس کے بال ابھی تک گھنے اور سیاہ تھے۔

اُس نے سر کے بیچ میں مانگ نکال رکھی تھی۔ خاصا ہٹا کٹا آدمی تھا۔

"آپ کو مجھ سے کوئی کام ہے؟" نامدار نے پُوچھا۔

"اِس گھوڑے کے مالک تم ہی ہو؟" اجنبی نے بوبی کی طرف اشارہ کرکے پُوچھا۔

"جی، یہ میرا گھوڑا ہے۔"

اجنبی ہنس کر بولا "بس تو پھر ٹھیک ہے۔ بولو، کیا لینا ہے اس کا؟"

"کیا مطلب؟" نامدار نے پُوچھا۔

"مطلب صاف ہے۔ میں نے فارسی نہیں بولی۔ میں یہ گھوڑا خریدنا چاہتا ہوں۔ جو بھی قیمت مانگوگے، تمھیں مِل جائے گی۔ بس اب وقت ضائع نہ کرو۔ بولو، کیا دوں؟"

نامدار اجنبی کو دلچسپی سے دیکھنے لگا۔ اُس نے ذرا دل لگی کرنے کے لیے کہا "آپ اس گھوڑے کو نہیں خرید سکتے۔"

اجنبی طیش میں آگیا اور بولا "تم مجھے جانتے نہیں، ورنہ ایسی بات نہ کہتے۔ بولو، کیا لینا ہے اس گھوڑے کا؟"

"پہلے یہ بتائیے کہ آپ کون ہیں؟" نامدار نے پُوچھا۔

"میں کوئی بھی ہوں، تمھیں اس سے کیا؟" وہ بولا "تم صرف اتنا بتاؤ کہ اس کی کیا قیمت لینا چاہتے ہو؟ پانچ، دس، پندرہ ہزار۔ بولو۔۔۔۔۔۔۔؟"

"میں آپ کو بتا چکا ہوں کہ آپ یہ گھوڑا نہیں خرید سکتے۔"

"لڑکے! ہوش میں رہ کر بات کرو۔ میں زبان دے چکا ہوں کہ تم جو مانگو گے وہ تمھیں ملے گا۔"

نامدار نے دلچسپی سے اس کی طرف دیکھا، پھر بولا "آپ اس گھوڑے کو اس لیے نہیں خرید سکتے کہ میں اسے بیچنے کے لیے تیار نہیں۔ کسی قیمت پر بھی۔"

"تو یہ تمھارا آخری فیصلہ ہے؟"

"جی، یہ میرا آخری فیصلہ ہے۔"

"کسی قیمت پر نہیں؟" اجنبی نے پوچھا۔

"بالکل، کسی قیمت پر بھی نہیں" نامدار نے جواب دیا۔

اجنبی نامدار کو گھورنے لگا۔ نامدار بھی اس کی آنکھوں میں آنکھیں ڈالے کھڑا تھا۔ اجنبی کا چہرہ رنگ بدل رہا تھا۔ پھر اس نے ایک زوردار قہقہہ لگایا اور پھر پاگلوں کی طرح ہنستا ہی چلا گیا۔ اس کا قہقہہ بہت اونچا اور زوردار تھا۔ اصطبل کا نگران بابا بھی حیرت سے اس

کو دیکھنے لگا ۔ اجنبی کی آنکھوں میں ہنستے ہنستے آنسو آ گئے۔
اس نے آستین سے اپنی آنکھیں پونچھیں اور بولا :
"میں دیکھوں گا کہ تم گھوڑا کیسے نہیں بیچو گے۔"
"میں بحث کرنا نہیں چاہتا" نامدار بولا "بات ختم ہو چکی ہے ۔ آپ کو چلے جانا چاہیے۔"

خُفیہ میٹنگ

دُوسرے دن حشمت خاں لڑکوں کو گھڑ سواری کے لیے لے گیا تو نامدار بھی ان کے ساتھ تھا ۔ آج حشمت خاں نے نامدار کے چلنے پر کوئی اعتراض نہ کیا تھا ۔
پچھلی شام کو جھورا جانگلی نامدار سے ملنے آیا تھا۔ اس نے علیحدگی میں نامدار سے بہت سی باتیں کی تھیں جو اس کے لیے بڑی اہمیت رکھتی تھیں۔ نامدار نے جھورا جانگلی کو کچھ رقم دے کر اُسے مزید معلومات حاصل کرنے پر آمادہ کر لیا تھا ۔ جھورا جانگلی دل و جان سے نامدار کے لیے کام کرنے پر آمادہ تھا اور نامدار اس کے کام سے بہت مُطمئن تھا۔

گھوڑوں کا رُخ اس بار ایک ایسے علاقے کی طرف تھا جو کافی ڈھلوان، تنگ اور پیچ دار تھا۔ لڑکوں کے لیے گھوڑوں پر جم کر بیٹھنا مشکل ہو رہا تھا۔ چلتے چلتے ایک جگہ حشمت خاں رُکا۔ اس کو رُکتے دیکھ کر لڑکوں نے بھی اپنے گھوڑے روک لیے۔

حشمت خاں نے لڑکوں کو مخاطب کر کے کہا "آگے راستہ بہت خراب ہے۔ تم سب یہاں ٹھہرو۔ میں آگے جا کر خود دیکھتا ہوں کہ راستہ کیسا ہے۔ جب تک میں نہ آؤں، تم سب یہیں کھڑے رہو۔"

لڑکے حشمت خاں کی اس بات پر بہت خوش ہوئے وہ گھوڑے کو دوڑاتا ہوا آگے نکل گیا اور چند منٹوں میں نظروں سے اوجھل ہو گیا۔ لڑکے گھوڑوں سے نیچے اتر آئے اور گپ شپ لگانے لگے۔

حشمت خاں کو گئے جب دس پندرہ منٹ ہو گئے تو نامدار کو کچھ تشویش ہوئی۔ اب تک تو اسے واپس آ جانا چاہیے تھا۔ دوسرے لڑکے بھی پریشانی کا اظہار کر رہے تھے۔

نامدار نے کہا "تم یہاں ٹھہرو۔ میں جا کر پتا کرتا ہوں کہ کیا بات ہے۔"

کچھ لڑکوں نے نامدار کو روکنا چاہا۔ اُنھوں نے کہا کہ حشمت خاں ناراض ہو جائے گا کہ وہ اس کے پیچھے کیوں چلا آیا۔ لیکن نامدار نہ مانا۔

راستہ بہت خطرناک تھا۔ وہ بہت تنگ اور گھنے درختوں کے درمیان سے گزر رہا تھا، بہت پھونک پھونک کر قدم رکھنے کی ضرورت تھی اور نامدار کا گھوڑا بوبی بڑی ہوشیاری سے ایک ایک قدم جما کر چل رہا تھا۔

اچانک نامدار کی نگاہ سامنے پڑی۔ درختوں کے جھنڈ کے پاس ایک چھوٹی سی جھونپڑی تھی۔ اس جھونپڑی کے باہر حشمت خاں کھڑا تھا۔ اس کے پاس دو آدمی کھڑے تھے جن سے وہ گفتگو کر رہا تھا۔

نامدار نے ایک گھنے درخت کے پیچھے بوبی کو روک لیا۔ وہ ایسی جگہ تھا جہاں سے وہ حشمت خاں اور اس کے ساتھیوں کو اچھی طرح دیکھ سکتا تھا لیکن ان کی باتوں کی آواز اس تک نہیں پہنچ رہی تھی۔

حشمت خاں کے پاس جو دو آدمی کھڑے تھے، ان میں سے ایک کو نامدار نے فوراً پہچان لیا۔ یہ ریڑھے والا تھا جو انھیں سجاول خاں کی جاگیر کے قریب ملا تھا اور ان کا مذاق اڑانے کے لیے بے تحاشا ہنستا رہا تھا۔

اس نے نامدار اور اس کے ساتھیوں کو ایک طرح سے دھمکی بھی دی تھی۔

دوسرے آدمی کی نامدار کی طرف پشت تھی اس لیے وہ اسے نہ پہچان سکا۔ لیکن جب وہ بات کرتے کرتے مڑا تو نامدار حیرت سے اُچھل پڑا۔ یہ وہی اجنبی تھا جو بوبی کو خریدنے آیا تھا اور جس نے اسے دھمکی دی تھی کہ وہ یہ گھوڑا ہر صورت میں حاصل کر کے رہے گا۔

نامدار نے دل میں سوچا کہ کاش! میں ان کی باتیں سُن سکتا۔ اب اسے معلوم ہُوا کہ حشمت خاں اِدھر یہ دیکھنے نہیں آیا تھا کہ راستہ ٹھیک ہے یا نہیں، وہ ان لوگوں سے ملنا چاہتا تھا۔

گویا ایک خفیہ جگہ پر ان کی میٹنگ ہو رہی تھی۔ یہ میٹنگ کن کے خلاف تھی؟ کس مقصد کے لیے ہو رہی تھی؟ یہ جاننے کے لیے نامدار بہت بے چین تھا۔ پھر وہ یہ بھی جاننا چاہتا تھا کہ یہ جھونپڑی کس کی ہے اور اس میں کون لوگ رہتے ہیں۔

نامدار کے دل میں سوال پیدا ہو رہے تھے۔ اس کی نگاہیں حشمت خاں پر گڑی ہوئی تھیں۔ اس نے دیکھا کہ حشمت خاں اس طرح ہاتھ ہلا رہا ہے جیسے

اب وہ جانے والا ہو۔ نامدار نے گھوڑے کا رُخ موڑا اور پھر سر گھما کر پیچھے دیکھا۔ حشمت خاں گھوڑے پر سوار ہو رہا تھا۔ نامدار نے لوبی کو تھپکی دی اور لُوبی تیز تیز قدم اٹھانے لگا۔

حشمت خاں کے پہنچنے سے چار پانچ منٹ پہلے ہی نامدار لڑکوں کے پاس پہنچ کر ان کو بتا چکا تھا کہ سب خیریت ہے، حشمت خاں آ رہا ہے اور اسے بتانے کی ضرورت نہیں کہ میں اس کے پیچھے گیا تھا۔

حادثہ یا سازش؟

حشمت خاں نے لڑکوں پر ایک بھرپور نگاہ ڈالی، پھر کلائی پر بندھی گھڑی کو دیکھا اور بولا :

"واپس چلو۔"

وہ قطار در قطار چلنے لگے۔ حشمت خاں کے چہرے پر اطمینان تھا جو نامدار کو پریشان کر رہا تھا۔ اسے ضرور کوئی ایسی خبر ملی تھی جس سے وہ مطمئن دکھائی دے رہا تھا۔

اچانک کسی کی چیخ سُنائی دی۔ سب لڑکے رُک گئے۔ نامدار نے مڑ کر دیکھا۔ جلال کا گھوڑا لنگڑاتا ہوا چل رہا تھا اور اس سے اپنا توازن ڈھلوان راستے پر برقرار نہ رکھا جا رہا تھا۔

نامدار چیخا "جلال گھوڑے سے چھلانگ لگا دو"۔ جلال نے اِدھر اُدھر دیکھا اور گھوڑے سے چھلانگ لگا دی۔ وہ لُڑھکتا ہوا نیچے ایک جگہ جا کر رُک گیا۔ سب لڑکے دم سادھے اُس طرف دیکھ رہے تھے۔

پھر عجیب واقعہ ہوا۔ جلال کا گھوڑا بھی گر گیا اور پھر لڑھکتا ہوا نیچے گھاٹی میں جا گرا۔

حشمت خاں جہاں کھڑا تھا وہیں چُپ چاپ کھڑا رہا۔ نامدار بوبی کو ایڑ لگا کر جلال کے پاس پہنچ گیا اور اس کو سہارا دے کر اٹھایا۔

"زیادہ چوٹ تو نہیں لگی؟" اس نے پُوچھا۔

جلال نے کپڑے جھاڑتے ہوئے کہا "کہنی اور گھٹنے پر رگڑ لگی ہے۔ خدا کا شکر ہے کہ میں نے آپ کے کہنے پر چھلانگ لگا دی۔"

نامدار نے جلال کے چہرے کی طرف دیکھا۔ اب اس پر کسی طرح کا خوف نہ تھا۔ نامدار نے پوچھا "صبح آتے

وقت تم نے اپنے گھوڑے کا اچھی طرح معائنہ کیا تھا؟"

"جی ہاں۔ وہ کچھ لنگڑا رہا تھا۔ میں نے حشمت خاں کو بتایا تو وہ کہنے لگے کہ کوئی بات نہیں۔ دوسرا گھوڑا نہیں ہے۔ اسی پر سوار ہو جاؤ۔"

نامدار کا چہرہ سخت ہو گیا۔ جلال نے حشمت خاں کے کہنے پر مختار کے گھوڑے کو پتھر مارا تھا۔ یقیناً حشمت خاں نے خود یا کسی کے ذریعے اس کے گھوڑے کی ٹانگ کو کوئی تکلیف پہنچائی ہو گی تاکہ جب وہ چڑھائی چڑھنے لگے تو اپنا توازن قائم نہ رکھ سکے اور یوں جلال ختم ہو جائے تاکہ یہ سازش راز ہی رہے۔ گویا جلال کو راستے سے ہٹانے کے لیے یہ سب کچھ کیا گیا تھا۔

نامدار کا خون کھول اُٹھا۔ وہ دل میں کہنے لگا "یہ حشمت خاں تو قاتلوں سے بھی بدتر ہے۔ معصوم لڑکوں کی زندگی کو ختم کرنا چاہتا ہے۔" پھر اس نے جلال سے کہا "تم سے حشمت خاں نے کوئی پوچھ گچھ کی تھی؟"

"جی ہاں، میں نے کہہ دیا تھا کہ میں نے کسی کو نہیں بتایا۔"

"ہوں!" نامدار نے سوچتے ہوئے کہا "چلو، اب اُوپر چلیں۔"

جلال نے گھاٹی کی طرف دیکھا جہاں اس کا گھوڑا گرا پڑا تھا۔ وہ رونے لگا " ہائے میرا گھوڑا !..... میرا گھوڑا...... !"

نامدار کو بھی اب جلال کے گھوڑے کا خیال آیا۔ وہ بولا "رونے کی ضرورت نہیں۔ اُوپر چلو۔ جا سکتے ہو نا؟"

"جی ہاں"۔

"میں دیکھ کر آتا ہوں کہ تمہارا گھوڑا کس حال میں ہے اور ہم اس کی کس طرح مدد کر سکتے ہیں"۔

جلال لڑکوں کی طرف چل دیا اور نامدار بوبی پر سوار نیچے اُترنے لگا۔ وہ گھاٹی میں پہنچا تو اس نے جلال کے گھوڑے کا جائزہ لیا۔ وہ زمین پر لیٹا کراہ رہا تھا، لیکن بہ ظاہر اس کی کوئی ہڈی نہیں ٹوٹی تھی۔ نامدار نے سوچا کہ اس کا علاج کیا جائے تو یہ تندرست ہو کر سواری کے کام آ سکتا ہے۔ اُس نے گھوڑے کو تھپکی دی اور پھر بوبی پر سوار ہو کر واپس لڑکوں کے پاس پہنچ گیا۔ حشمت خاں بڑے طیش میں تھا۔

"تم کیا کرتے پھرتے ہو؟ تمہیں کس نے انچارج بنایا ہے؟ ہمارا وقت ضائع کر رہے ہو"۔

"ہمیں جلال کے گھوڑے کو اوپر لانے اور کیمپ لے جانے

کا انتظام کرنا چاہیے" نامدار نے کہا۔
"اس گھوڑے کو واپس لانے کی کوئی ضرورت نہیں۔ وہ ناکارہ ہو چکا ہے،" حشمت خاں بولا "اب اس کا ایک ہی علاج ہے۔ میں اسے گولی مار کر ہلاک کر دیتا ہوں۔ بے چارہ عذاب سے بچ جائے گا۔"
نامدار نے دل میں کہا کہ یہ شخص حشمت خاں واقعی بہت خطرناک آدمی ہے۔ اس نے کہا:
"میں گھوڑے کو دیکھ کر آیا ہوں۔ وہ بھلا چنگا ہے۔ علاج کے بعد ٹھیک ہو جائے گا۔"
"میں نے تمھیں پہلے ہی سمجھایا تھا کہ مجھے نافرمان لڑکوں سے نفرت ہے۔ ہر معاملے میں ٹانگ نہ اڑایا کرو۔"
نامدار چند لمحے خاموش رہا، پھر اس نے کہا "میں اس گھوڑے کی جان بچانا چاہتا ہوں۔"
"اس کی جان بچانے کا کوئی فائدہ نہیں۔ اسے ہلاک کر دینا ہی بہتر ہو گا۔" حشمت خاں بولا۔
"آپ یہ زحمت نہ کریں" نامدار نے کہا "اگر آپ اس سلسلے میں کوئی مدد نہیں کر سکتے تو اسے ہلاک کرنے کی کوشش بھی نہ کریں۔"
حشمت خاں نامدار کو گھورنے لگا۔ پھر اس نے لڑکوں

کو مخاطب کر کے کہا "سب لڑکے قطاریں ہو جائیں اور واپس کیمپ چلیں۔"

جلال آنسوؤں بھری نگاہوں سے کبھی حشمت خاں کو دیکھتا اور کبھی نامدار کو۔ نامدار نے اُونچی آواز میں کہا :

"مختار ، اکرم ، دلشاد اور جلال ، تم میرے ساتھ چلو۔"

"یہ تمھارے ساتھ گئے تو میں ان کو کیمپ سے نکال دوں گا" حشمت خاں بولا۔

"دیکھا جائے گا ۔ آؤ ، دوستو ۔ میرے ساتھ" نامدار نے زور سے کہا۔

اکرم ، مختار ، دِلشاد اور جلال اس کے پاس آ کر کھڑے ہو گئے ۔ حشمت خاں نے دانت پیس کر کہا :

"تم سب کو میں کیمپ سے نکالتا ہوں ۔ آج شام سے پہلے پہلے کیمپ خالی کر دو۔"

نامدار نے آہستہ سے کہا " ہم سجاول خاں کے مہمان ہیں ۔ اگر وہ ہمیں نکال دیں گے تو ہم چلے جائیں گے ۔آپ کے کہنے سے تو ہم جانے سے رہے۔"

حشمت خاں نے چیخ کر کہا " آج اس کا فیصلہ ہو جائے گا۔"

"درست ہے ۔ ہم بھی تیار ہیں ، ہر فیصلے کے لیے ۔" نامدار بولا۔ پھر اس نے جلال سے کہا " تم میرے پیچھے بیٹھ جاؤ۔"

جب جلال نامدار کے پیچھے بیٹھا تو اس نے اکرم کو اشارے سے اپنے پاس بلایا اور سرگوشی میں کہا:
"تم کیمپ جاؤ اور رسّے لے کر فوراً واپس آ جاؤ۔ اس کا علم حشمت خاں کو نہ ہونے پائے۔"
اکرم نے سر ہلایا اور تیزی سے گھوڑے کو موڑ کر کیمپ کی طرف چل دیا۔
نامدار، مختار اور جلال گھوڑوں پر سوار نیچے گھاٹی میں پہنچ گئے۔ اپنے مالک کو دیکھ کر گھوڑا عجیب انداز میں ہنہنایا۔ جلال اور نامدار اسے تھپکی دینے لگے۔ اس سے گھوڑے کو سکون مل رہا تھا۔
وہ آدھ گھنٹے تک گھوڑے کی ہمت بڑھاتے رہے۔ انھیں اکرم کی واپسی کا انتظار تھا۔ جب اکرم آتا ہوا دکھائی دیا تو انھوں نے اطمینان کا سانس لیا۔ اکرم دو تین لمبے اور موٹے رسّے لے کر آیا تھا۔
"کہاں سے لیے یہ رسّے؟" نامدار نے پوچھا۔
"اصطبل والے بابا سے۔"
"حشمت خاں کو تو بھنک نہیں پڑی؟"
"نہیں" اکرم بولا "میں کیمپ میں اس سے پہلے پہنچ گیا تھا اور واپسی میں راستہ بدل کر آیا ہوں۔ اس کا اور

میرا آمنا سامنا نہیں ہوا"۔

نامدار نے رسّوں کو کھولا اور بولا "آج ہمارا امتحان ہے۔ ہمیں اس امتحان میں سو فی صد کامیابی حاصل کرنی ہے اور جلال کے گھوڑے کو کیمپ لے کر جانا ہے"۔

"ایسا ہی ہوگا" سب ایک زبان ہو کر بولے۔

"بہت خوب!" نامدار بولا "تو سُنو۔ پہلے ہمیں گھوڑے کو اُٹھا کر کھڑا کرنا ہے۔ اس کے بعد دوسرا کام ہوگا۔ آؤ، اِسے کھڑا کریں"۔

سب مل کر گھوڑے کو اُٹھانے کی کوشش کرنے لگے۔ خود گھوڑا بھی زور لگا رہا تھا۔ آخر وہ اُٹھ کر کھڑا ہو گیا لیکن اِس کی ٹانگیں کانپ رہی تھیں۔

نامدار نے جلال کو اشارہ کیا تو وہ گھوڑے کی ٹانگ پر ہاتھ پھیرنے لگا۔ اس کے بعد اکرم، مختار اور خود نامدار بھی اس کی ٹانگ پر مالش کرنے لگے۔ دِل شاد اس کی پیٹھ سہلانے لگا۔

اس کے بعد نامدار نے گھوڑے کا جائزہ لیا۔ اُسے کافی چوٹیں آئی تھیں۔ اس کا ایک پچھلا گھٹنا بھی زخمی تھا۔ اب نامدار گھوڑے کے جسم کے گرد رسّے باندھنے لگا۔ بوبی یہ منظر بڑی دل چسپی سے دیکھ رہا تھا۔ دُوسرے

گھوڑے بھی اپنے ہم جنس کی حالت پر پریشان دکھائی دے رہے تھے۔

نامدار نے پوٹلی کی کاٹھی کے ساتھ بندھے ہوئے تھیلے کو کھول کر اپنی ایک قمیص نکالی اور پھاڑ کر گھوڑے کے زخمی گھٹنے پر پٹی باندھ دی۔ جب وہ اس کام سے فارغ ہو چکا تو اس نے اپنے ساتھیوں کو مخاطب کر کے کہا:

"ہم سب اپنے اپنے گھوڑوں پر قطار کی صورت میں چلیں گے اور ان رسّوں کو مضبوطی سے اس طرح تھامیں گے کہ گھوڑے کو چلتے وقت زیادہ طاقت خرچ نہ کرنا پڑے۔ ہمارے گھوڑے اس طرح زور لگائیں گے کہ جلال کے گھوڑے کو ان سے سہارا ملے اور وہ سنبھل سنبھل کر قدم رکھتا ہوا چلتا رہے۔ میرا مطلب سمجھ گئے نا؟"

سب نے ایک زبان ہو کر کہا "ہم سمجھ گئے"۔

"تو پھر گھوڑوں پر سوار ہو جاؤ" نامدار نے کہا "جلال میرے ساتھ پوٹلی پر بیٹھے گا۔"

"نہیں، میں اپنے گھوڑے کے ساتھ پیدل چلوں گا" جلال بولا۔

نامدار نے دل میں کہا کہ جلال کو واقعی اپنے گھوڑے سے محبّت ہے۔ وہ بولا" مگر اس طرح تم تھک جاؤ گے"!

"اگر میں تھک گیا تو تمھارے پیچھے بیٹھ جاؤں گا"۔

"ٹھیک ہے۔ تم اپنے گھوڑے کے ساتھ ساتھ چلو۔ اس کی ہمّت بندھی رہے گی"۔

سب سے آگے مختار تھا، اس کے پیچھے دلشاد، اس کے پیچھے اکرم اور اس کے پیچھے نامدار جو بار بار مڑ کر جلال اور اس کے گھوڑے کو دیکھ رہا تھا۔ یہ راستہ جو عام طور پر آدھ گھنٹے میں طے ہو جاتا، انھوں نے بیچ بیچ میں رُک رُک کر چار گھنٹوں میں طے کیا۔

جب وہ کیمپ کے پاس پہنچے تو ان کے چہرے خوشی سے تمتما رہے تھے۔ کچھ لڑکے جنھوں نے انھیں دیکھ لیا تھا، شور مچانے لگے:

"وہ آگئے! جلال کے گھوڑے کو لے کر آگئے!"

تمام لڑکے خیموں سے باہر نکل آئے۔ حشمت خاں بھی باہر آگیا۔ سجاول خاں اور اس کی بیوی مکان سے باہر آگئے۔ تمام لڑکے تالیاں بجا کر نامدار اور اس کے ساتھیوں کا استقبال کر رہے تھے۔ حشمت خاں دانت

پیس رہا تھا۔ وہ سب سجاول خاں کے پاس جاکر گھوڑوں سے اُترے۔ سجاول خاں نے آگے بڑھ کر زخمی گھوڑے کا معاینہ کیا اور بولا:

"یہ نہ صرف بچ جائے گا بلکہ تندرست بھی ہو جائے گا۔ میں ابھی ڈاکٹر کو بلواتا ہوں"۔

کیمپ میں حاضر مویشیوں کا ڈاکٹر گھوڑے کو اپنے ساتھ لے گیا تو سجاول خاں نے اور اس کی بیوی نے نامدار کو بہت داد دی۔ مختار، اکرم اور دلشاد کو بھی شاباش ملی۔

وہ سب اپنی فتح پر مسکراتے اور خوشیاں مناتے اپنے خیموں میں چلے گئے۔ وہ بہت تھکے ہارے تھے۔ حشمت خاں دیر تک کھڑا دانت پیستا رہا۔

صُلح؟

کیمپ کے وہ تمام لڑکے جن کو حشمت خاں نے نامدار اور اس کے دوستوں کے خلاف ورغلایا تھا، نامدار کی بہادری اور ہمدردی سے بے حد متاثر ہوئے تھے

اور اُسے اپنا ہیرو سمجھنے لگے تھے۔ حشمت خاں کا جادُو ناکام ہو چکا تھا۔

لیکن لڑکوں کی سمجھ میں ابھی تک یہ بات نہیں آئی تھی کہ نامدار نے ان واقعات کا ذکر جاگیر دار سجاول خاں سے کیوں نہیں کیا تھا۔ حشمت خاں کے یہ مظالم اور زیادتیاں ایسی نہ تھیں کہ انھیں سجاول خاں سے چھپایا جاتا۔ اس کی وجہ نامدار ہی سمجھتا تھا اور وہ ابھی حالات کا پوری طرح جائزہ لے رہا تھا۔ بہت سی باتیں ایسی تھیں جو اس کی سمجھ میں نہ آ رہی تھیں۔

اُسے یہ تو علم تھا کہ اس کے خلاف کوئی سازش کی جا رہی ہے لیکن اسے یہ علم نہ تھا کہ اس کے خلاف یہ سازش کیوں کی جا رہی ہے اور اس سے حشمت خاں کیا فائدہ اُٹھانا چاہتا ہے۔

نامدار نے بہت غور کیا لیکن اس اُلجھے ہوئے دھاگے کا کوئی سرا اس کے ہاتھ میں نہ آیا۔ وہ جتنا سوچتا اور اس معاملے کو سُلجھانے اور سمجھنے کی کوشش کرتا اتنا ہی اُلجھ کر رہ جاتا۔

اِس علاقے میں کسی کا ایک گھوڑے کو چھین کر لے جانا اور پھر اس کا کوئی سُراغ نہ ملنا، اُسے فون

پر کسی کا کہنا کہ وہ کیمپ میں نہ آئے، پھر راستے میں ریڑھے والے کا مذاق اُڑانا، کیمپ میں داخل ہوتے ہی حشمت خاں کا دلشاد کے ہاتھ پیغام بھیجنا کہ ہم واپس چلے جائیں، حشمت خاں کا مجھے گھڑ سواری کے لیے ساتھ لے کر نہ جانا اور مختار کے گھوڑے پر جلال سے پتھر پھنکوانا، ایک پُراسرار اجنبی کا بوبی کو خریدنے آنا اور پھر دھمکی دینا، حشمت خاں کا ریڑھے والے اور اس پُراسرار اجنبی سے خُفیہ ملاقات کرنا، جلال کے گھوڑے کو زخمی کرنا، جلال کو راستے سے ہٹانے کی خطرناک سازش کرنا؛ آخر کیوں؟

نامدار سوچتا کہ حشمت خاں کو مجھ سے کس بات کا خطرہ ہے؟ اس کا کون سا ایسا منصوبہ ہے جو میری موجودگی میں کامیاب نہیں ہو سکتا۔

ان تمام اُلجھنوں اور پریشانیوں کے ساتھ اُسے یہ فکر بھی کھائے جا رہی تھی کہ وہ دلشاد کو اس کے تعویذ کے بارے میں کیا جواب دے گا؟ وہ اِنھی سوچوں میں گُم تھا کہ جھُورا جانگلی خچر پر سوار آتا دکھائی دیا۔ وہ اسے دیکھ کر اس کی طرف لپکا اور اسے کیمپ کے آخری کنارے پر لے گیا۔

جھورا جانگلی بہت مطمئن اور خوش خوش دکھائی دے رہا تھا جیسے وہ کوئی بڑی اہم بات دریافت کرکے آیا ہو۔ دونوں ایک دوسرے کے ساتھ سرگوشیوں میں باتیں کرنے لگے۔ نامدار جھورا جانگلی کی زبان سے نکلنے والے ایک ایک لفظ کو بڑے غور اور توجّہ سے سن رہا تھا۔ جب جھورا جانگلی اپنی بات پوری کرچکا تو نامدار کا چہرہ بھی مسرّت سے چمک اٹھا۔ اس نے جھورے کو کچھ رقم انعام میں دی اور بولا:

"اصل انعام ابھی باقی ہے"۔

جب جھورا جانگلی جانے کے لیے اپنے خچّر پر سوار ہو رہا تھا تو حشمت خاں آ دھمکا۔ وہ للکار کر بولا "اد جانگلی! تجھے کیمپ میں آنے کی اجازت کس نے دی؟"

جھورا جانگلی کے بولنے سے پہلے نامدار نے کہا "بزرگوں سے اس طرح گفتگو نہیں کرتے، جناب"۔

"تم چپ رہو۔ اس چور اور بدمعاش کو تم نے ہی یہاں بلوایا ہوگا، ورنہ اس کا تو کیمپ میں داخلہ بند ہے"۔

نامدار نہیں چاہتا تھا کہ بات بڑھے۔ اس نے بڑی نرمی سے کہا "مجھے یہ معلوم نہ تھا کہ یہاں اس کا داخلہ

ہے۔ اب معلوم ہو گیا ہے اور آئندہ میں ڈسپلن کی پابندی کروں گا۔" نامدار کو نرم ہوتے دیکھ کر حشمت خاں کچھ اور شیر ہو گیا۔ وہ گھوڑے سے اُتر کر غصّے سے جھورا جانگلی کی طرف یوں بڑھا جیسے اُسے مارنا چاہتا ہو۔ لیکن اس سے پہلے ہی نامدار جھورا جانگلی کے سامنے کھڑا ہو گیا۔

"ہٹ جاؤ، آگے سے! میں اسے یہاں آنے کا مزہ چکھا کر رہوں گا۔"

"آپ غصّہ تھوک دیجیے۔ جھورا جانگلی چلا جاتا ہے، اور میں وعدہ کرتا ہوں کہ پھر وہ یہاں نہیں آئے گا۔"

"لیکن آج تو اسے میں سزا دے کر ہی رہوں گا" حشمت خاں بولا۔

نامدار نے دیکھا کہ بات نرمی سے ختم نہیں ہو رہی تو وہ تن کر بولا "آپ میرے سامنے اسے کچھ نہیں کہہ سکتے۔ یہ میرا مہمان ہے"۔

"جیسے تم خود ہو، ویسے ہی چور اچکے تمہارے مہمان ہیں۔" حشمت خاں نے بڑے زہریلے لہجے میں کہا۔

"حشمت خاں! اپنی زبان کو لگام دیجیے۔ صبر کی بھی کوئی حد ہوتی ہے۔"

"کیا حد ہوتی ہے! تم میرا کیا بگاڑ لو گے؟" وہ دھاڑا۔ نامدار خاموش کھڑا رہا۔ غصّے سے اس کا جسم کانپ رہا تھا۔ آنکھیں سُرخ ہو رہی تھیں۔ یہ دیکھ کر جھورا جانگلی جلدی سے بولا:

"خاں صاحب، اتنے لال پیلے کیوں ہوتے ہو؟ چلا جاتا ہوں یہاں سے"۔

"تم یہاں آئے ہی کیوں تھے؟ تمھیں یہاں آنے کی جُرأت کیسے ہُوئی؟" حشمت خاں غصّے سے بولتا جا رہا تھا۔

جھگڑے کی آواز سُن کر سارے لڑکے وہاں جمع ہو گئے۔ جاگیردار سجاول خاں بھی مکان سے نکل کر ان کے پاس آگیا۔ حشمت خاں نے سجاول خاں سے کہا "جناب، یہ لڑکا بہت بدتمیز اور نافرمان ہے۔ اس نے کیمپ کے سارے ڈسپلن کو خراب کر دیا ہے۔ دوسرے لڑکوں کے سامنے میری بے عزّتی کر دیتا ہے۔ اب بھی دیکھیے کہ اس نے یہاں اس جانگلو کو بُلایا تھا"۔

سجاول خان نے حشمت خاں کی بات سُننے کے بعد کہا "جھورے، تم جاؤ۔ پھر اِدھر کا رُخ نہ کرنا"۔

"بہت اچھّا سرکار" جھورے نے جواب دیا اور خچّر کو

ہانکتا ہوا چلا گیا۔

"نامدار، تم میرے ساتھ آؤ" سجاول خاں نے کہا۔

نامدار سجاول خاں کے ساتھ چل دیا۔ حشمت خاں کا چہرہ اب سیاہ پڑ گیا تھا۔ شاید اسے کسی بات کا خوف تھا۔

نامدار کو گھر لے جا کر سجاول خاں نے بڑی نرمی سے پوچھا "مجھے کئی باتوں کی سن گن مل چکی ہے، لیکن چونکہ تم نے کسی کی شکایت نہیں کی اس لیے میں نے بھی تم سے کچھ پوچھنا مناسب نہ سمجھا۔ اب مجھے اصل بات بتاؤ"

نامدار چند لمحے کچھ سوچتا رہا، پھر بولا "کیا اس کیمپ میں جھورا جانگلی کا آنا منع ہے؟"

"میں نے کسی پر کوئی بندش نہیں لگائی۔ تمہارے آنے سے کچھ دن پہلے حشمت خاں نے کہا تھا کہ کیمپ کی کچھ چیزیں چوری ہو گئی ہیں اور جھورا جانگلی اور اس جیسے دوسرے لوگ یہاں آتے ہیں۔ ان کا داخلہ بند کر دینا چاہیے۔ میں نے اس سے کہا تھا کہ ایسا نہ کرو بلکہ چور پر نظر رکھو۔ میرا خیال ہے کہ حشمت خاں نے خود ہی پابندی لگا دی۔ لیکن جھورا جانگلی کو ذلیل کرنے کا اسے کوئی حق نہ تھا۔ میں جھورا جانگلی کو بچپن سے جانتا ہوں۔ بڑا شریف آدمی ہے"۔

نامدار اب بھی اس کش مکش میں مبتلا تھا کہ وہ سجاول خاں کو اصل بات بتائے یا نہیں۔ کوئی فیصلہ کرنا اس کے لیے مشکل ہو رہا تھا۔

"میں نے حشمت خاں کی کئی شکایتیں سنی ہیں۔ یہ نہ سمجھو کہ میرے کان بند ہیں۔ میں ڈھیل دینے کا عادی ہوں۔ تم مجھے بہت عزیز ہو، نامدار۔ بتاؤ، تمھیں اس سے کیا شکایت ہے؟" سجاول خاں کہہ رہا تھا۔

"کوئی خاص شکایت نہیں، جناب،" نامدار نے کہا "چھوٹی چھوٹی باتیں ہیں جن کی میرے نزدیک کوئی خاص اہمیت نہیں۔ ویسے کیمپ کے ماحول کو پُرسکون رکھنے کے لیے میں چاہتا ہوں کہ آپ حشمت خاں کے ساتھ ہماری صُلح کرا دیں۔"

"جب تمہارا کوئی جھگڑا ہی نہیں تو پھر صلح کیسی؟" سجاول خاں نے مسکرا کر کہا۔

"آپ انہیں بتا دیں کہ آپ مجھے بہت عزیز رکھتے ہیں ہیں، اس لیے وہ میرے ساتھ شفقت سے پیش آئیں۔ اور مجھے حکم دیں کہ میں ان کا احترام کروں کیوں کہ وہ میرے بزرگ ہیں"۔

سجاول خاں نے حشمت خاں کو طلب کیا اور پھر دونوں

سے کہا کہ وہ ایک دُوسرے سے ہاتھ ملائیں اور اُن کے دلوں میں جو غلط فہمیاں ہیں، اُنھیں دُور کر دیں۔ سجاول خاں نے نامدار کی بہت تعریف کی اور کہا:

"اگر اِسے کوئی شکایت ہوئی یا تکلیف پہنچی تو مجھے بہت دُکھ ہوگا۔" پھر نامدار سے کہا "تم بھی ان کا احترام کرو اور ڈسپلن کا خیال رکھو۔"

نامدار نے وعدہ کیا اور حشمت خاں سے ہاتھ ملایا۔

حشمت خاں نے بھی یقین دلایا کہ وہ نامدار سے شفقت سے پیش آئے گا۔

نامدار جانتا تھا کہ یہ سب باتیں ظاہری اور جھوٹی ہیں۔

بارش کی رات

وہ رات بہت تاریک تھی۔ آسمان پر بادل چھائے ہوئے تھے۔ بارش کی آمد آمد تھی۔ سب لڑکوں نے اپنے اپنے خیموں کا جائزہ لیا کہ کسی خیمے میں کوئی سوراخ تو نہیں ہے۔

نامدار اپنے دوستوں کے ساتھ لڑکوں کے خیموں کا مُعاینہ کر رہا تھا کہ حشمت خاں اُسے ڈھونڈتا ہوا آ پہنچا۔ اُس نے

بڑے میٹھے اور محبت بھرے لہجے میں کہا:

"نامدار میاں، بارش بہت زور کی ہوگی۔ آثار بتا رہے ہیں کہ چھاجوں مینہ برسے گا اور پانی خیموں میں بھی چلا آئے گا، لیکن میں نے اس کا علاج کر لیا ہے"۔

"وہ کیا، خاں صاحب؟" نامدار نے ادب سے پوچھا۔

"میں نے جاگیردار صاحب سے بات کر لی ہے کہ کیمپ کے تمام لڑکے اپنا سامان اور بستر وغیرہ لے کر ڈائننگ ہال میں چلے جائیں اور رات وہیں بسر کریں"۔

"یہ تو آپ نے بہت اچھا کیا"۔

"میرے بعد اس کیمپ کے تم انچارج ہو۔ تم سب لڑکوں کو اطلاع کر دو۔ بلکہ یہ اچھا رہے گا کہ سارے کے سارے خیمے اکھاڑ کر ہال میں پہنچا دیے جائیں۔ یوں وہ خراب ہونے سے بچ جائیں گے"۔

"نہایت مناسب تجویز ہے۔ میں ابھی لڑکوں کو ہال میں لے کر آتا ہوں"۔

شاباش! میں ہال میں ان کے سونے کا انتظام کرتا ہوں"۔ حشمت خاں یہ کہہ کر چلا گیا۔

لڑکے حشمت خاں کے اس بدلے ہوئے رویّے پر حیران بھی تھے اور خوش بھی۔ نامدار نے پورے کیمپ میں لڑکوں

کو خبر کر دی۔ سب لڑکے جلدی جلدی اپنا سامان سمیٹ کر ہال میں پہنچانے لگے جہاں حشمت خاں ان سے بڑی محبّت اور نرمی سے پیش آ رہا تھا۔

لڑکے خیمے اُکھاڑ کر لا رہے تھے تو ایک دم موسلا دھار بارش ہونے لگی۔ ہال میں پہنچ کر لڑکے اپنا اپنا بستر بچھانے اور سامان سلیقے سے رکھنے لگے۔ حشمت خاں جو پہلے ایسے موقعوں پر ایک طرف کھڑا رہتا تھا، اب لڑکوں کا ہاتھ بٹا رہا تھا۔ یوں لگتا تھا جیسے بارش نے حشمت خاں کے دل سے لڑکوں کے خلاف ساری کدورت اور نفرت دھو کر رکھ دی ہو۔

بارش بہت تیز تھی۔ آثار بتا رہے تھے کہ کئی دنوں تک نہ چلی تو کم از کم ساری رات تو ہوتی رہے گی۔ ہوا چنگھاڑ رہی تھی۔ بارش کا شور ہال کے اندر تک پہنچ رہا تھا۔ جب سب لڑکے بستر بچھا کر سامان رکھ کر فارغ ہو گئے تو حشمت خاں بولا:

"ایسی بارش کبھی کبھار ہی ہوا کرتی ہے۔ آج کھانا بھی بڑا مزے دار ہے۔ کھانے کے بعد گپ شپ لگے گی۔ اور ہاں ایک خاص بات اور سنو۔"

"وہ کیا جناب؟" لڑکوں نے پوچھا۔

"میں بھی تمھارے پاس سوؤں گا اور تمھیں ایک مزے دار

کہانی سناؤں گا"۔

لڑکوں کو اپنے کانوں پر یقین نہ آرہا تھا۔ اِتنے میں جاگیر دار سجاول خاں اور اس کی بیوی بھی آ گئے۔ اُنھوں نے بتایا کہ ایسی بارش عموماً سیلاب لایا کرتی ہے۔ گاؤں کے گاؤں تباہ ہو جاتے ہیں۔ لیکن آپ لوگوں کو فکر مند نہ ہونا چاہیے۔ اگر کوئی ایسی ویسی بات ہوئی تو آپ کو حفاظت سے گھر پہنچا دیا جائے گا۔

کھانا یُوں تو ہر روز ہی بہت اچھّا اور لذیذ ہوتا تھا لیکن اس روز خاص طور پر مُرغ پلاؤ اور زردہ پکوایا گیا تھا۔ لڑکوں نے خُوب مزے لے لے کر کھایا۔ اس کے بعد گرم گرم قہوہ پیش کیا گیا۔

جب سب کھانے سے نمٹ گئے تو اپنے اپنے بستر پر جا بیٹھے۔ باہر سے بارش کی پُرشور آواز آرہی تھی۔ نامدار کا جی چاہا کہ وہ باہر نکل کر بارش کا منظر دیکھے، لیکن اس نے اپنی اس خواہش کو دبا لیا۔ اس نے ہال کا جائزہ لیا۔ تمام کھڑکیاں اندر سے بند کر دی گئی تھیں۔ بڑا دروازہ بھی بند تھا۔

"تو بھئی، لڑکو۔ میں تمھیں ایک کہانی سُناتا ہوں"۔

یہ کہہ کر حشمت خاں نے ایک طویل کہانی شروع کر دی جو

ڈاکوؤں کے بارے میں تھیں۔ لڑکے بڑی دلچسپی سے یہ کہانی سنتے رہے۔ اب وہ حشمت خاں کی زیادتیوں کو بھول گئے تھے اور اُسے پسند کرنے لگے تھے۔ خود نامدار بھی یہ بات بھلا چکا تھا کہ حشمت خاں نے اس کے خلاف کیا کچھ کہا تھا۔

حشمت خاں کے کہانی سنانے کا انداز بڑا دلچسپ تھا۔ یوں لگتا تھا جیسے وہ کہانی نہیں سنا رہا، آپ بیتی سنا رہا ہے اور وہ خود ان سارے واقعات میں اگر شریک نہ تھا تو وہاں موجود ضرور تھا اور اس نے یہ سب کچھ اپنی آنکھوں کے سامنے ہوتے دیکھا تھا۔

جب کہانی ختم ہوئی تو سب نے دل کھول کر کہانی کی تعریف کی۔ تعریف کرنے والوں میں نامدار سب سے پیش پیش تھا۔

"اچھا بھئی، لڑکو۔ اب خاصی رات ہوگئی ہے۔ تم میں سے کوئی کہانی سنانا چاہتا ہو تو سنا دے لیکن ذرا مختصر ہونی چاہیے۔"

ایک لڑکا کہانی سنانے لگا۔ یہ کہانی بھی مزیدار تھی اور لڑکوں نے اسے دلچسپی سے سنا۔ حشمت خاں نے دیکھا کہ مرغن کھانے اور گرم کمرے کی وجہ سے لڑکے اب

اُونگھنے لگے ہیں۔ وہ آہستہ سے اُٹھا، بڑا دروازہ اندر سے بند کیا اور پھر دروازے کے پاس اپنا بستر لگا لیا۔ باہر سے موسلا دھار بارش کی آواز آرہی تھی۔ پانی سے بھری ہوئی ہوا دروازے سے ٹکراتی تو بڑی خوفناک آواز پیدا ہوتی۔

"لڑکو، تمھیں اب نیند آرہی ہے۔ میں بتی بجھادوں"۔

نامدار کو تاریکی میں سونے کی عادت نہیں تھی۔ خیمے میں بھی وہ لیمپ جلا کر سوتا تھا۔ لیکن وہ حشمت خاں کی بات سے اختلاف کرنا نہیں چاہتا تھا۔ وہ چُپ چاپ بستر پر لیٹ گیا۔

حشمت خاں نے بتی بجھادی اور کمرا گھُپ اندھیرے میں ڈُوب گیا۔ سب لڑکے سونے کی کوشش کرتے لگے۔ بہت سے لڑکے تو سو بھی چکے تھے۔ دل شاد نامدار کے پاس سو رہا تھا۔ وہ آہستہ سے بولا:

"مجھے ڈر لگ رہا ہے۔ میرا تعویذ مجھے دے دیں"۔

نامدار کا دل دھک سے رہ گیا۔ اگر وہ دل شاد کو یہ بتاتا کہ اس کا تعویذ کھوگیا ہے تو اسے بہت افسوس ہوتا۔ اُس نے دلشاد کے ہاتھ پر تھپکی دے کر کہا:

"ڈرنے کی کیا بات ہے؟ تم بہادر لڑکے ہو۔ تعویذ

سامان میں رکھا ہے۔ اب سو جاؤ۔ صبح مل جائے گا۔"

دلشاد کی تسلی ہو گئی اور وہ جلد ہی سو گیا۔ لیکن نامدار کی نیند اُڑ گئی تھی۔ جانے وہ کب تک جاگتا بارش کی آوازیں سُنتا رہا۔ پھر وہ بھی سو گیا۔

اچانک ٹھنڈی ہوا کے تھپیڑوں سے نامدار کی آنکھ کھُل گئی۔ وہ آنکھیں پھاڑ پھاڑ کر تاریکی میں دیکھنے لگا۔ اُسے یُوں لگا جیسے دروازہ کھُلا ہُوا تھا اور اسے ابھی ابھی کسی نے بند کیا ہے۔ وہ غور سے دروازے کی طرف دیکھنے لگا۔ کسی انجانے خیال سے اس کا دل تیزی سے دھڑکنے لگا۔

دروازے کے پاس کوئی دُھندلا دُھندلا سا سایہ تاریکی میں چھُپا ہوا دکھائی دے رہا تھا۔ پھر اسے یُوں لگا جیسے اُس سائے میں حرکت پیدا ہو گئی ہے۔ وہ کبھی بازو اوپر اُٹھاتا، کبھی جھُکاتا۔ اب نامدار کے لیے ضبط کرنا مشکل ہو گیا۔ وہ آہستہ سے اُٹھ کر دیوار کے پاس پہنچا، جہاں بجلی کا بٹن تھا۔ دیوار کے پاس پہنچ کر وہ ایک دم اُٹھ کر کھڑا ہو گیا اور ہاتھ سے ٹٹول ٹٹول کر جلدی سے بٹن دبا دیا۔

کمرا روشنی سے جگمگا اُٹھا۔

بوبی غائب ہوگیا

مارے حیرت کے چند لمحوں تک نامدار بول بھی نہ سکا۔ سامنے دروازے کے پاس حشمت خاں کھڑا تھا۔ اس کا پانی میں بھیگا ہوا لباس زمین پر پڑا تھا اور اس نے خشک لباس پہن لیا تھا۔ لیکن ابھی گیلے کپڑے کہیں چھپا نہ سکا تھا۔ ایکدم بتّی جلنے سے وہ بھی بھونچکا رہ گیا تھا۔

نامدار کے دل میں کتنے ہی شبہے سر اٹھانے لگے۔ اس نے آہستہ سے کہا "آپ باہر سے آرہے ہیں؟ اس وقت...؟"

چند لمحوں میں حشمت خاں کے چہرے نے کتنے ہی رنگ بدلے تھے اور جب وہ بولا تو اس کی آواز بھی گلے میں پھنسی پھنسی اور بوجھل تھی۔ اس نے بڑی مشکل سے کہا:

"میں یہ دیکھنے گیا تھا کہ باہر کوئی چیز تو نہیں رہ گئی۔ لڑکے بڑے لاپروا ہوتے ہیں!"

اس کے لہجے اور چہرے سے صاف پتا چل رہا تھا

کہ وہ جھوٹ بول رہا ہے۔

"مگر اتنی شدید بارش میں؟" نامدار نے اپنی کلائی کی گھڑی پر وقت دیکھتے ہوئے کہا "رات کے پونے تین بجے"؟

حشمت خاں کی حالت اُس چور جیسی تھی جسے رنگے ہاتھوں پکڑ لیا گیا ہو۔ اس سے کوئی بات نہ بن رہی تھی۔ نامدار کے دل میں شبہے مضبوط ہوتے جا رہے تھے۔ وہ سوچ رہا تھا کہ حشمت خاں یوں ہی بارش میں نہیں گیا۔ وہ سوچ سمجھ کر، منصوبہ بنا کر گیا تھا۔ اسی لیے اس نے پہلے سے خشک کپڑے رکھ لیے تھے کہ جب واپس آؤں گا تو گیلے کپڑے اُتار کر خشک کپڑے پہن لوں گا۔

آخر یہ کہاں گیا تھا؟ کیوں گیا تھا؟

نامدار کے دماغ پر یہ سوال ہتھوڑے کی طرح برس رہے تھے۔ اتنے میں حشمت خاں کھنکھارا۔ وہ جہاں کھڑا تھا، ابھی تک وہاں سے ایک انچ بھی نہ ہلا تھا۔ وہ پھر کھنکھارا جیسے اس کے لیے بات کرنا مشکل ہو رہا تھا "اب سو جاؤ، نامدار!" اُس نے کہا۔

"مگر میری سمجھ میں یہ نہیں آ رہا کہ آپ باہر کیوں گئے تھے؟"

حشمت خاں چڑ کر تیز لہجے میں بولا "میں نے تمھیں بتا تو دیا کہ کیوں گیا تھا"۔

نامدار جانتا تھا کہ حشمت خاں اسے کبھی سچی بات نہ بتلائے گا۔ اس کے دل میں جو اندیشے اور شبہے پیدا ہو چکے تھے، اُن کی وجہ سے وہ خاصا پریشان ہو رہا تھا۔ لیکن مجبوری تھی۔ اُس نے طنزیہ لہجے میں کہا:

"تو پھر بتی بجھا دوں؟"

حشمت خاں اِس طنز کو سمجھ گیا۔ لیکن بولا نہیں۔ نامدار نے دوسرا طنزیہ جملہ کہا "آپ گیلے کپڑے کہیں رکھ کر خود ہی بتی بجھا دیں"۔

یہ کہہ کر وہ اپنے بستر پر جا کر لیٹ گیا، لیکن نیند اس کی آنکھوں سے کوسوں دُور بھاگ گئی تھی۔

دوسرے دن، صبح کو، بہادر اور نڈر نامدار سب کے سامنے کھڑا آنسو بہا رہا تھا۔

وہ سب اسے ٹکر ٹکر دیکھ رہے تھے۔ وہ کبھی تصوّر بھی نہ کر سکتے تھے کہ نامدار رو بھی سکتا ہے، اور وہ بھی سب کے سامنے!

بارش اسی طرح ہو رہی تھی۔ جاگیردار سجاول خاں، اس کی بیوی اور حشمت خاں خاموش کھڑے تھے۔ نامدار کے

کپڑے پانی میں شرابور تھے۔ وہ سر سے پاؤں تک بھیگا ہوا تھا۔
صبح ناشتے سے ذرا پہلے جب سب لوگ ہال میں موجود تھے، اصطبل کا نگران بابا بارش میں بھیگتا، کیچڑ میں لت پت ہال میں داخل ہوا تھا۔ اُس کے چہرے پر خوف بھی تھا، پریشانی بھی تھی اور تعجب بھی تھا۔ اسے اس حالت میں دیکھ کر سب حیران رہ گئے تھے۔ لیکن نامدار کا دل تیزی سے دھڑکنے لگا تھا۔ وہ اس کی طرف لپکا اور کانپتی آواز میں پوچھا:
"کیا ہوا بابا؟"
بابا نے کانپتی ہوئی آواز اور ٹوٹے پھوٹے لفظوں میں جواب دیا "آپ کا..... گھوڑا... غائب ہے!"
"کیا کہا؟" نامدار کی چیخ نکل گئی "بوبی غائب ہے؟"
اتنا کہتے ہی وہ تیزی سے باہر بھاگا۔ مختار، اکرم، دلشاد اور جلال کے علاوہ کچھ اور لڑکوں نے بھی اس کے پیچھے جانے کا ارادہ کیا لیکن حشمت خاں نے انھیں سختی سے روک لیا۔ کھلے دروازے سے وہ دیکھ رہے تھے کہ نامدار بارش اور کیچڑ میں بھاگتا چلا جارہا ہے۔ وہ کئی بار پھسلتے اور گرتے گرتے

بچا۔ پھر وہ نگاہوں سے اوجھل ہو گیا۔

جب وہ واپس آتا دکھائی دیا تو اُس کے قدم سُست تھے۔ وہ بارش کی پروا کیے بغیر آہستہ آہستہ چل رہا تھا۔ اس کا سارا جسم پانی میں بھیگا ہوا تھا اور جب وہ ہال کے اندر داخل ہوا تو اس نے روتے ہوئے کہا:

"بوبی غائب ہے!"

لڑکے ناشتے کو بھول گئے۔ حشمت خاں اصطبل کے بوڑھے نگران کو ڈانٹ رہا تھا جو کانپتی آواز میں بتا رہا تھا:

"سرکار، ایک ہی گھوڑا غائب ہوا ہے۔ میں نے صبح اصطبل کا دروازہ کھولا تو دیکھا کہ وہ گھوڑا غائب ہے۔ میں اطلاع دینے چلا آیا۔"

سجاول خاں نے نامدار کی طرف دیکھا اور بولا "بیٹے! تم لباس تبدیل کر لو۔ گھوڑے کی فکر نہ کرو۔ میں اپنے آدمی اس کی تلاش میں بھجواتا ہوں۔"

"ایک گھوڑا پہلے بھی تو آپ کے علاقے میں غائب ہو چکا ہے۔ اُسے تو آپ کے آدمی ابھی تک تلاش نہیں کر سکے۔"

سجاول خاں کے چہرے کا رنگ پیلا پڑ گیا۔ اُس نے

کوئی جواب نہ دیا اور نگاہیں جھکالیں۔حشمت خاں نے آگے بڑھ کر نامدار کے کندھے پر ہاتھ رکھا اور نرمی سے بولا:

"جاگیردار صاحب ٹھیک کہتے ہیں۔تم لباس بدل لو۔سردی لگ جائے گی۔میں خود تمھارا گھوڑا تلاش کرنے جاؤں گا۔"

مگر کیوں؟

سب لڑکے بوبی کی چوری کے واقعے پر طرح طرح کی باتیں کر رہے تھے۔نامدار کو ہال میں واپس آتے دیکھ کر وہ ایک دم خاموش ہو گئے۔

انھیں نامدار کا چہرہ بدلا بدلا دکھائی دیا۔وہ بہت سنجیدہ دکھائی دے رہا تھا۔جب وہ بولنے لگا تو اس وقت بھی اس کی آواز میں کسی طرح کی جذباتی لرزش نہ تھی بلکہ ایک خاص طرح کا ٹھہراؤ تھا۔وہ کہنے لگا:

"میں جانتا ہوں کہ آپ سب بوبی کے بارے میں

باتیں کر رہے تھے اور یہ بھی سوچ رہے تھے کہ بوبی کو کس طرح تلاش کیا جا سکتا ہے!
حشمت خاں، سجاول خاں، اس کی بیوی اور سب لڑکے نامدار کو دیکھ رہے تھے۔
"میں آپ کو بتانا چاہتا ہوں کہ آپ اسے تلاش کرنے کی زحمت نہ کریں"!
لڑکوں کے منہ کھلے کے کھلے رہ گئے۔ سجاول خاں حیرت سے بولا "جب اسے تلاش نہیں کیا جائے گا تو وہ واپس کیسے آئے گا؟"
نامدار بڑے کھلے انداز میں مسکرایا اور بولا "جاگیردار صاحب، آپ گھوڑے کا کس طرح سراغ لگائیں گے؟ باہر دیکھیے۔ بارش کتنی تیز ہو رہی ہے۔ بوبی کے کھُروں کے نشان بارش نے مٹا دیے ہیں"!
بات واقعی معقول تھی۔ سجاول خاں یا کسی لڑکے کو یہ بات بالکل نہ سوجھی تھی۔ حشمت خاں ذہنی کشمکش میں مبتلا تھا۔ وہ جانتا تھا کہ نامدار کہنا کیا چاہتا ہے۔
نامدار نے ایک ایک لفظ پر زور دیتے ہوئے کہا "مجھے بوبی سے کتنی محبت ہے، اس کا کوئی اندازہ نہیں لگا

سکتا۔ اس کے باوجود میں اُسے تلاش کرنے نہیں جاؤں گا۔ نہ کسی کو اس کی تلاش میں جانے دُوں گا۔"

"مگر کیوں؟" حشمت خاں بے اختیار بول پڑا۔

"اس لیے کہ بوبی بھی مجھ سے محبت کرتا ہے۔ وہ لوگ جو بوبی کو چُرا کر لے گئے ہیں، وہ بوبی کا کچھ نہیں بگاڑ سکتے۔ میں اپنے بوبی کو خوب جانتا ہوں۔ وہ ہر پابندی سے آزاد ہو کر میرے پاس پہنچے گا۔ آپ اُسے اپنی آنکھوں سے دیکھیں گے۔"

تامدار سانس لینے کو رُکا۔ پھر اُس نے سجاول خاں کی طرف دیکھا اور کہا "آپ سے میری ایک گزارش ہے"

"کہو، بیٹے۔ میں تمہاری ہر بات مانوں گا۔ مجھے بے حد شرمندگی ہے کہ تمہارا قیمتی گھوڑا میرے اصطبل سے چرایا گیا ہے۔ مجھے چور کا پتا چل گیا تو اسے ایسی سزا دوں گا کہ اس کی کئی پشتیں یاد رکھیں گی۔ کہو، تم کیا چاہتے ہو؟"

تامدار کا چہرہ اور بھی سنجیدہ ہو گیا۔ سب لڑکے پوری توجّہ سے اس کی بات سُننے لگے۔ اُس نے کہا:

"آپ یہ نہ پُوچھیے کہ میں یہ شرط کیوں لگا رہا ہوں، اور اس کی ضرورت کیا ہے۔ آپ میری گزارش کی وضاحت

طلب نہ کریں۔ بس اسے پورا کر دیں گے، آپ کو منظور ہے؟"

حشمت خاں کے چہرے کا رنگ بدلنے لگا تھا۔

"ہاں مجھے منظور ہے" سجاول خاں نے جواب دیا۔

"تو سنیئے۔ آج کا پورا دن آج کی پوری رات اور کل صبح تک، حشمت خاں یہاں سے کہیں نہیں جائیں گے۔ یہ ایک طرح سے میری قید میں ہوں گے۔ اور ایک پل کے لیے بھی میری اور میرے ساتھیوں کی نظروں سے اوجھل نہ ہوں گے۔ میں آپ کو یقین دلاتا ہوں کہ میں یا میرا کوئی ساتھی حشمت خاں کو کسی طرح کی کوئی تکلیف نہیں پہنچائے گا۔"

حشمت خاں نے چیخ کر کہا "میں تمھارا ملازم نہیں ہوں۔ تم میرے بارے میں ایسا فیصلہ کرنے والے کون ہوتے ہو؟"

نامدار نے جاگیردار سجاول خاں کی طرف دیکھا اور بولا "میں اس کو کوئی جواب نہیں دوں گا۔ آپ بتائیے، کیا آپ میری یہ گزارش مانتے ہیں؟"

سجاول خاں کچھ سوچ رہا تھا۔ اُس نے آہستہ سے کہا "میں یہ نہیں پوچھتا کہ تم ایسا کیوں چاہتے ہو لیکن کیا ایسا کرنے سے تمہارا گھوڑا تمھیں واپس مل سکتا ہے؟"

"جی، بالکل۔ بوبی میرے پاس آجائے گا۔"

سجاول خاں نے اس کے بعد نامدار سے کچھ نہیں کہا۔ وہ آگے بڑھ کر حشمت خاں سے کہنے لگا:

"بوبی کا چوری ہو جانا میرے لیے ہی نہیں، تمہارے لیے بھی بدنامی کی بات ہے۔ تم میری عزت کے لیے ہمارے ساتھ تعاون کرو اور یہ شرط مان لو۔"

حشمت خاں نے زور سے انکار میں سر ہلایا۔ وہ غصیلی نگاہوں سے نامدار کی طرف دیکھ رہا تھا۔ جاگیردار سجاول خاں نے اب ذرا سختی سے کہا:

"اگر تم یہ بات خوشی سے نہ مانو گے تو پھر مجھے کوئی دوسرا راستہ اختیار کرنا پڑے گا۔"

حشمت خاں آہستہ سے بولا "اگرچہ اس میں میری بے عزتی ہے، لیکن میں آپ کے لیے اپنے آپ کو نامدار اور اس کے ساتھیوں کے سپرد کرتا ہوں۔"

سجاول خاں نے خوش ہو کر کہا "میں خود تمہارے پاس اس وقت تک رہوں گا جب تک نامدار کا گھوڑا واپس نہیں آجاتا۔"

بوبی پر کیا گزری

بوبی کو جب وہ لوگ اصطبل سے باہر لائے تو بارش کے تھپیڑوں نے اسے پریشان کر دیا۔ وہ اجنبی لوگوں کے نرغے میں تھا۔ تین گھڑ سوار اسے رسّوں سے باندھے کھینچ رہے تھے۔ وہ دو چار دفعہ ہنہنایا، رُکا، مزاحمت کی لیکن اس کی کوئی تدبیر کارگر نہ ہوئی۔ وہ بُری طرح دشمنوں کے نرغے میں پھنس چکا تھا۔ آخر اس نے حالات سے سمجھوتا کر لیا اور سر جھکائے اپنے دشمنوں کے ساتھ چل پڑا۔

ڈیڑھ گھنٹے کی مسافت طے کرنے کے بعد وہ اسے ایک کوٹھڑی میں لے گئے جہاں اس کو ایک مضبوط رسّے سے باندھ دیا گیا۔ ایک آدمی اس کے ساتھ اس کوٹھڑی میں رُکا اور باقی چلے گئے۔ انھوں نے جاتے وقت اُس آدمی سے کہا تھا "بڑا منہ زور گھوڑا ہے۔ اس کا خیال رکھنا۔ اگر یہ بھاگ نکلا تو حشمت خاں جان کو آجائے گا۔"

وہ آدمی بولا "تم فکر نہ کرو۔ اس نے کوئی گڑبڑ کی

تو چمڑی اُدھیڑ کر رکھ دوں گا۔"
"ٹھیک ہے۔ لیکن اسے زخمی نہ کرنا۔ بہت قیمتی گھوڑا ہے۔"
"تم جاؤ۔ اب مجھے سونے دو" وہ بولا "کپڑے بدل کر ذرا سستاؤں گا۔"
"ہوشیاری سے سونا" اس کے ساتھی اُس سے یہ کہہ کر باہر نکل گئے جہاں ان کے گھوڑے کھڑے تھے۔ وہ دونوں اپنے اپنے گھوڑوں پر سوار ہوئے اور تیسرا خالی گھوڑا ساتھ لے کر چلے گئے۔

بوبی کے مُحافظ نے کمرے کو اندر سے بند کر کے کھٹکا لگا دیا۔ پھر کپڑے بدلے اور بوبی کو مخاطب کر کے بولا :
"کوئی شرارت کی تو سمجھ لو کہ تمھاری جان کی خیر نہیں۔"
بوبی جیسے کھڑا تھا ویسے ہی کھڑا رہا۔ وہ جانور ہونے کے باوجود سمجھ گیا تھا کہ یہ لوگ اس کے دشمن ہیں اور ایک وفادار جانور کی حیثیت سے اس کا فرض ہے کہ وہ جلد از جلد اپنے مالک کے پاس واپس چلا جائے۔
وہ زمین پر بیٹھ گیا اور سوچنے لگا کہ وہ کیسے یہاں سے فرار ہو گا اور اپنے مالک نامدار کے پاس کس طرح پہنچے گا؟

قدرت نے اگر بے زبانوں کو بولنے والی زبان نہیں دی تو اُن کو دُوسری بہت سی صلاحیتوں سے نوازا ہے۔ اور گھوڑا بھی ایک ایسا جانور ہے جسے بہت سی خوبیوں کا مالک بنایا گیا ہے۔ گھوڑا اپنے مالک کا وفادار ہوتا ہے۔ اتنا وفادار اور جاں نثار کہ اپنے مالک کے لیے اپنی جان بھی دے سکتا ہے۔

بارش کی آواز اس تاریک کوٹھڑی کے اندر آ رہی تھی۔ یوبی جانتا تھا کہ باہر شدید بارش ہو رہی ہے۔ وہ کچھ دیر زمین پر بیٹھا رہا اور پھر سو گیا۔

جب اس کی آنکھ کھلی تو کمرے میں ہلکی ہلکی روشنی ہو رہی تھی۔ اُس کو یقین ہو گیا کہ دن چڑھ چُکا ہے اور رات بیت گئی ہے۔ وہ کچھ سُست سا تھا۔ سونے کے بعد تو اُسے چُست اور مُستعد ہو جانا چاہیے تھا لیکن ایک طرح کی سُستی اور بیزاری اس پر چھائی ہوئی تھی۔ اُس نے کوٹھڑی کا جائزہ لیا۔ وہ آدمی جو اُس کا نگران تھا، سو رہا تھا۔ اُس کا مُنہ کھلا ہُوا تھا اور اس میں سے خرخر کی سی آوازیں نکل رہی تھیں۔

جانور ہونے کے ناتے یوبی کی خاص حس کام کرنے لگی تھی۔ وہ آہستہ سے اُٹھا اور پھر اپنا جائزہ لیا۔ اُس

کے گلے میں ایک مضبوط رسّا بندھا ہوا تھا جس کا دُوسرا سرا ایک کھونٹے کے ساتھ بندھا تھا۔

جب تک رسّے کا دُوسرا سرا کھُونٹے سے نہ کھُلتا، وہ آزاد نہ ہو سکتا تھا اور کھونٹے سے رسّے کا کھلنا مشکل تھا۔ اس کوشش میں مُحافِظ کی آنکھ کھُل سکتی تھی اور لوبی کسی نئی مُصیبت کا شکار ہو سکتا تھا۔ ایسے لوگوں سے ہر طرح کے سلوک کی توقّع کی جا سکتی تھی۔

لیکن وہ اپنے مالک تامدار کے پاس جانے کا تہیّہ کر چکا تھا۔ وہ اپنے مالک پر ثابت کرنا چاہتا تھا کہ وہ اس کا وفادار ہے اور اس سے محبّت کرتا ہے۔

گھوڑے میں جتنی عقل ہوتی ہے، جس حد تک وہ سوچ سکتا ہے، اس حد تک وہ سوچ رہا تھا۔ اُس کو ایک ایک کر کے کئی باتیں سُوجھ رہی تھیں۔ لیکن وہ کسی ایک بات کو آخری فیصلہ قرار نہ دے رہا تھا۔ اس وقت کوئی اسے دیکھتا تو اس کی آنکھوں میں ایک خاص قسم کی چمک سی دکھائی دیتی تھی جو کبھی بڑھتی تھی کبھی کم ہو جاتی۔

اچانک لوبی نے، کسی طرح کی آواز نکالے بغیر، پُورا زور لگا کر اس کھونٹے کو اُکھاڑنے کے لیے زور لگایا۔ کھُونٹا

زمین میں مضبوطی سے گڑا ہوا تھا۔ اس کو اکھاڑنے کے لیے طاقت کی تو ضرورت تھی ہی لیکن اس سے ایسی آواز بھی پیدا ہو سکتی تھی جس سے محافظ جاگ سکتا تھا۔

رسّا بوبی کی آنکھوں کے سامنے ہل رہا تھا اور وہ اسے غور سے دیکھ رہا تھا۔ عین اسی وقت وہ شخص اُٹھ کر بیٹھ گیا۔ اُس نے بوبی کو ایک نظر دیکھا، پھر جسم کو تانا، انگڑائی لی اور بولا:

"بارش رُکی نہیں۔ اسی طرح زور شور سے ہو رہی ہے۔"

پھر اُس نے بوبی کی طرف دیکھا اور بولا "کہو، ساری اکڑفوں ایک ہی رات میں نکل گئی"۔

یہ کہہ کر اُس نے قہقہہ لگایا۔ پھر ایک طرف پڑے ہوئے تھیلے کو اُٹھایا، اس میں سے ایک پوٹلی نکال کر کھولی۔ اس میں پراٹھے اور اچار تھا۔ وہ اسے کھانے لگا۔ کھانا کھانے کے بعد وہ بوبی کی طرف دیکھتے ہوئے بولا:

"تمھیں تو روزہ رکھنا پڑے گا۔ یہاں گھاس نہیں ہے۔"

بوبی کو غصّہ آ رہا تھا۔ اس کا جی چاہتا تھا کہ وہ اس آدمی کو کچا چبا جائے، اسے دولتّیوں سے مارے

لیکن اُس نے غصّے پر قابو پائے رکھا۔ اُس آدمی نے روٹی کا خالی کپڑا جھاڑا اور اپنے آپ سے کہنے لگا:
"بارش ہو رہی ہے حشمت خاں بارش رُکنے سے پہلے نہیں آئے گا۔ مجھے پھر سو جانا چاہیے"۔
وہ پھر لیٹ گیا۔ لیکن دیر تک جاگتا رہا۔ بوبی اُسے کنکھیوں سے دیکھتا رہا۔ وہ وقت کا اِنتظار کر رہا تھا۔ باہر بارش ہو رہی تھی۔

وہ آگیا!

جب وہ آدمی سو گیا اور مُنہ کھول کر آہستہ آہستہ خرّاٹے لینے لگا تو بوبی نے اپنا کام شروع کر دیا۔ اُس نے رسّے کے ایک حصّے کو اپنے مُنہ میں لیا اور اسے تیزی سے چبانے لگا۔
گھوڑے کے دانت بڑے مضبُوط ہوتے ہیں، لیکن چوُہے کی طرح تیز نہیں ہوتے۔ دوسرے رسّے کے ریشے بھی سخت اور مضبُوط تھے۔ ایسی خُشک اور مضبُوط چیز کو دانتوں سے چبانے کی بوبی کو عادت بھی

نہ تھی۔ اُسے ہمیشہ نرم اور سبز غذا کھانے کو ملی تھی۔ وہ بہت بد مزا ہو رہا تھا۔ پچھلی رات سے اُس نے کچھ کھایا پیا بھی نہیں تھا اس لیے مُنھ میں لُعاب بھی کم بن رہا تھا۔

آہستہ آہستہ اُسے محسُوس ہونے لگا کہ رسّا نرم ہو چُکا ہے۔ اُس نے اپنا کام جاری رکھا۔ وہ رسّا چباتے ہوئے ایک نظر مُحافظ کو بھی دیکھ لیتا تھا کہ کہیں اُس کی آنکھ نہ کھل جائے۔

آخر رسّا اُس کے دانتوں تلے گِھس گِھس کر ٹوٹ گیا اب اس کا ایک حصّہ زمین پر گرا ہوا تھا اور دوسرا اس کے گلے میں لٹک رہا تھا۔ وہ دم سادھے کھڑا رہا۔ اُس نے نظروں ہی نظروں میں دروازے تک کے فاصلے کو ناپا اور پھر ایک ایک قدم پھُونک پھُونک کر اُٹھاتا ہُوا دروازے کے پاس جا کر کھڑا ہو گیا۔ اُس نے مُڑ کر اس آدمی کی طرف دیکھا۔ وہ اسی طرح مُنھ کھولے خرّاٹے لے رہا تھا۔

اب بوبی کو کواڑ کھولنا تھے جن میں کھٹکا لگا ہُوا تھا۔ اُسے نامدار یاد آیا جس نے اسے کواڑ کھولنے کی تربیت دی تھی اور پھر کواڑ بند کرنا بھی سکھایا تھا۔

اُس نے آہستہ سے اپنی گردن جھکائی، کھٹکے کے پاس جا کر منہ کھولا، پھر اس کے ایک حصّے کو منہ میں دبا کر اُوپر اُٹھایا اور پھر آہستہ سے دوسری طرف گرا دیا۔ اس سے ہلکی سی کھٹ کی آواز آئی۔ اُس نے تیزی سے گردن گھما کر سوئے ہوئے آدمی کی طرف دیکھا۔ وہ اسی طرح سو رہا تھا۔

اب اُس نے اپنے ایک پاؤں کو آگے بڑھا کر دروازہ کھولا۔ کسی چرچوں کی آواز نہ آئی۔ دروازہ کھُل گیا۔ باہر نکلنے سے پہلے اس نے مُحافظ کو دیکھا اور پھر سرپٹ بھاگ اُٹھا۔

وہ ایک ایسا منظر تھا جسے کوئی دیکھ لیتا تو ساری عُمر یاد رکھتا۔ چاروں طرف بارش کا پانی کھڑا تھا۔ زمین پر جوہڑ اور ندیاں بن گئی تھیں۔ اُوپر سے موسلا دھار بارش برس رہی تھی۔ ایسے میں ایک سفید برف جیسے رنگ کا تیز و طرار خوبصورت گھوڑا بھاگتا جا رہا تھا۔ اُس کے نتھنوں سے دُھواں نکل رہا تھا۔ کان بارش میں بھیگنے کے باوجُود کھڑے تھے۔ وہ سرپٹ بھاگ رہا تھا اور ہر لحظہ اس کی رفتار میں تیزی آ رہی تھی۔

آسمان سے برستی بارش اور اس کی ٹاپوں سے اُڑتا ہوا پانی اس کے جسم کو بھگو رہا تھا۔ کبھی کبھی اس کے لیے داغ جسم پر کیچڑ کی چھینٹیں پڑ جاتی تھیں لیکن بارش کا تیز پانی ان چھینٹوں کو صاف کر دیتا تھا۔

وہ اندھا دُھند بھاگتا ہی چلا گیا۔ اُسے اپنے راستے کا علم تھا اور منزل کا بھی۔ پانی، بارش، گڑھے، ٹیلے اور اُونچی نیچی زمین، اُسے کوئی نہ روک سکتا تھا۔

اُدھر ہال کمرے میں سب لڑکے جمع تھے۔ کسی کا بات کرنے کو جی نہ چاہتا تھا۔ حشمت خاں کے چہرے پر البتّہ ناراضی اور جھنجھلاہٹ دکھائی دے رہی تھی، جیسے اس کے سب منصوبوں پر کسی نے پانی پھیر دیا ہو۔ جاگیردار سجاول خاں بھی حقّہ پیتے پیتے تھک گیا تھا۔ مختار، دلشاد اور اکرم کے علاوہ کئی دوسرے لڑکے بھی نامدار کے پاس بیٹھے تھے۔ کسی کو کوئی بات نہ سوجھ رہی تھی۔ نامدار خود بات کرنے کے موڈ میں نہ تھا۔ وہ تو مسلسل ایک ہی بات سوچتا چلا جا رہا تھا کہ لوبی اس وقت کہاں ہو گا۔ اس پر کیا بیت رہی ہو گی۔

صبح کا ناشتا بھی ان سب نے بڑی بے دلی سے کیا تھا۔ دوپہر کے کھانے پر بھی کسی نے رغبت کا اظہار

نہ کیا۔ ایک عجیب طرح کی مایوسی سب پر چھائی ہوئی تھی۔ اب چائے کا وقت ہو رہا تھا۔ نامدار نے صبح سے اب تک سینکڑوں بار اپنی گھڑی میں وقت دیکھا تھا۔ اس وقت بھی اس نے کلائی کی طرف نگاہ ڈالی سوا چار بج رہے تھے۔ باہر بارش اسی طرح ہو رہی تھی۔ یوں لگتا تھا جیسے اب کبھی نہ تھمے گی مسلسل برستی ہی چلی جائے گی۔

ملازم چائے کے برتن لگا رہے تھے۔ ہال کمرے کا دروازہ کھلا تھا۔ ٹھنڈی ہوا کے ساتھ بارش کا پانی بھی اندر آ جاتا تھا۔ نامدار کی نگاہیں مسلسل دروازے کی طرف لگی ہوئی تھیں۔ اُسے بوبی کی آمد کا بڑی بے چینی سے انتظار تھا۔ وہ سمجھتا تھا کہ اگر آج رات بھی بوبی دشمن کی قید میں رہا تو اس کی ہمت جواب دے جائے گی۔ وہ سمجھتا تھا کہ اگر بوبی جلدی واپس نہ آیا تو اس کا صاف مطلب یہ ہو گا کہ دشمن نے اسے سخت تکلیف پہنچائی ہے۔

اچانک چھپاک چھپاک کی آوازیں آئیں۔ نامدار جلدی سے دروازے کی طرف بڑھا اور پھر دیوانوں کی طرح باہر بھاگ نکلا۔ حشمت خاں، سجاول خاں اور لڑکے بھی دروازے

کی طرف لپکے۔

ان کی آنکھیں حیرت سے ایک ایسا منظر دیکھ رہی تھیں جس کا وہ تصوّر بھی نہ کر سکتے تھے۔ بوبی بھاگتا چلا آرہا تھا اور نامدار کی طرف یوں دوڑ رہا تھا جیسے مدّتوں کے بچھڑے دو دوست آپس میں مل رہے ہوں۔

پھر انسان اور گھوڑا ایک دوسرے کے قریب آئے گھوڑا محبّت سے ہنہنایا اور نامدار نے اچھل کر اس کے گلے میں اپنی باہیں ڈال دیں۔ کتنے لمحے اسی طرح بیت گئے اور آسمان سے موسلا دھار بارش کا پانی برستا رہا۔ نامدار کبھی بوبی کو تھپکی دیتا، کبھی اسے چومتا۔ لڑکے خوشی سے چلاّ رہے تھے، نعرے لگا رہے تھے:

"وہ آگیا! بوبی آگیا!"

اور پھر نامدار برستے پانی میں یوں بوبی کی ننگی پیٹھ پر سوار ہوا اور گھوڑا اپنے مالک کو لے کر طال کمرے کی طرف بڑھنے لگا۔

حشمت خاں کا منھ فق ہو گیا تھا۔

ہم جا رہے ہیں

نامدار گھوڑے پر سوار ہال کے اندر داخل ہوا سب یوبی کو محبت اور داد بھری نگاہوں سے دیکھ رہے تھے۔ نامدار نے حشمت خاں کو باہر کی طرف کھسکتے دیکھا تو للکارا :

"مختار! اکرم! حشمت خاں کا خیال رکھو۔ انھیں باہر جانے سے روکو۔ بڑی تیز بارش ہو رہی ہے"۔

"تمھارا گھوڑا آ چکا ہے۔ اب مجھے جانے سے تم نہیں روک سکتے"۔ حشمت خاں بولا۔ اس کی آواز کانپ رہی تھی۔

لڑکوں نے حشمت خاں کو اپنے گھیرے میں لے لیا۔ نامدار گھوڑے سے اترا۔ اس نے اکرم کو اشارہ کیا۔ تھوڑی دیر میں لڑکے یوبی کو خشک کر چکے تھے اور لکڑی کے ایک بڑے سے ڈبے میں اس کے لیے چارہ بھی آ گیا تھا۔ یوبی چارہ کھاتے ہوئے بار بار محبت بھری نگاہوں سے نامدار کی طرف دیکھ رہا تھا۔ نامدار نے جاگیردار سجاول خاں سے کہا :

"اب وقت آ گیا ہے کہ آپ ہماری مدد کریں"۔

"اگرچہ میں کچھ بھی نہیں سمجھا لیکن میں تمہاری ہر طرح سے مدد کرنے کے لیے تیار ہوں۔"

"شکریہ۔ مجھے آپ سے یہی توقع تھی۔ اگرچہ باہر شدید بارش ہو رہی ہے، لیکن ہم وقت ضائع نہیں کر سکتے۔ کام بہت ضروری اور بڑا ہے اور اس میں وقت کی بڑی اہمیت ہے۔ اگر وقت ہاتھ سے نکل گیا تو پھر ہم ناکام ہو سکتے ہیں۔"

یہ کہہ کر نامدار نے لڑکوں سے کہا "تم لوگ اپنی اپنی برساتیاں پہن لو۔ گھوڑوں کی کاٹھیوں کے اوپر رکھنے کے لیے کمبل بھی لے لو۔ ہم ایک زبردست مہم پر جا رہے ہیں۔"

جب لڑکے اس کے حکم کی تعمیل میں کام کرنے لگے تو نامدار بولا "مختار اور اکرم، تم حشمت خاں کی تلاشی لو۔"

حشمت خاں نے پھر کھسکنے کی کوشش کی لیکن لڑکے اس پر پل پڑے۔ اس کی جیب سے ایک بھرا ہوا پستول نکلا جو نامدار نے جاگیردار سجاول خاں کے سپرد کر کے کہا:

"آپ اسے نہیں جانتے۔ میں اسے جان چکا ہوں۔"

یہ کہہ کر نامدار نے پھر لڑکوں کو ایک خاص اشارہ کیا۔

چند منٹوں میں حشمت خاں رسّیوں سے بندھا ہوا اونچی اونچی آواز میں گالیاں دے رہا تھا۔

"آپ جتنی مرضی چاہئے گالیاں دیں۔ آپ سزا سے نہیں بچ سکتے۔"

نامدار نے لڑکوں سے کہا کہ وہ حشمت خاں کی نگرانی کریں، اس کے ہاتھ پاؤں بالکل نہ کھولیں اور اگر یہ کوئی گڑبڑ کرے تو سختی سے پیش آئیں۔

چھ لڑکے اپنے اپنے گھوڑے لے کر آ گئے۔ نامدار نے سجاول خاں کو مخاطب کر کے کہا "اب ہم جا رہے ہیں۔"

"لیکن کہاں؟"

"جناب، یہ مجھے بھی علم نہیں کہ ہم کہاں جا رہے ہیں۔ یہ تو صرف بوبی جانتا ہے کہ ہمیں کہاں پہنچنا ہے یا پھر حشمت خاں جو ہمیں کچھ نہیں بتائے گا۔ آپ دعا کیجیے کہ ہم کامیاب ہوں۔"

"میری دعائیں تمھارے ساتھ ہیں،" سجاول خاں نے کہا۔

نامدار بولا "آؤ ساتھیو، یہ مہم سر کر کے آئیں۔"

وہ سب تیز بارش میں چل کھڑے ہوئے۔

پکڑے گئے

نامدار نے یوبی کی لگام ڈھیلی چھوڑ دی تھی اور اُس کے کان میں کہا تھا:

"ہمیں وہاں لے چلو، جہاں تمھیں قید کیا گیا تھا"

یوبی اپنے مالک نامدار کی بات پوری طرح سمجھ گیا تھا اور خاصی تیز رفتار سے اس طرف بھاگ رہا تھا جدھر وہ کوٹھری تھی، جہاں اسے قید کیا گیا تھا۔

ایک ڈیڑھ گھنٹے بعد وہ ایسی جگہ پہنچے جہاں سے وہ کوٹھری صاف دکھائی دے رہی تھی۔ یہ جنگل میں گھری ہوئی ایک جھونپڑی نما کوٹھری تھی۔ نامدار نے سب کو کھڑا ہونے کا اشارہ کیا اور پھر بولا:

"گھوڑوں کو درختوں سے باندھ دو"

انھوں نے اپنے اپنے گھوڑے درختوں سے باندھ دیے تو نامدار نے یوبی کو ایک درخت سے باندھ کر مختار اور اکرم سے کہا:

"تم دونوں میرے ساتھ چلوگے۔ باقی لڑکے یہیں ٹھہریں گے"

لڑکے مایوس تو ہوئے لیکن خاموش کھڑے رہے

نامدار بولا "یہاں اس طرح سے کھڑے ہو جاؤ کہ کوئی تمہیں دیکھ نہ سکے۔ اگر اس طرف کوئی شخص آتا دکھائی دے تو اسے پکڑ کر باندھ دو۔ اُسے شور مچانے کا موقع نہ دینا۔"

نامدار نے چلنے سے پہلے بوبی کی کاٹھی میں بندھی ہوئی لمبی ریشمی ڈوری نکالی اور پھر وہ اکرم اور مختار کو ساتھ لیکر چل پڑا۔

کوٹھڑی کے پاس پہنچ کر وہ دیوار کے ساتھ لگ گئے۔ اندر سے کوئی آواز نہ آرہی تھی۔ نامدار نے دروازے کو ہلکے سے ہلا کر دیکھا۔ دروازہ کھلا ہوا تھا۔

اس نے اپنے ساتھیوں کی طرف دیکھا۔ آنکھوں آنکھوں میں بات ہوئی اور پھر وہ تینوں ایک ساتھ دروازہ کھول کر اندر داخل ہو گئے۔

اندر وہی شخص لیٹا ہوا تھا۔ تینوں اس پر پل پڑے اور دیکھتے ہی دیکھتے اس کے ہاتھ پاؤں ڈوری سے باندھ دیئے۔ وہ ہکا بکا ان کو دیکھ رہا تھا۔

"حشمت خاں پکڑا گیا ہے" نامدار نے اُسے بتایا "اور وہ سب کچھ بتا چکا ہے۔"

وہ آدمی سر پر ہاتھ رکھ کر بولا "جب وہ گھوڑا

غائب ہوا تو میں سمجھ گیا کہ مصیبت آنے والی ہے۔ میں یہاں سے بھاگ جاتا تو اچھا ہوتا۔"

"اب بھی تم ہماری مدد کر کے سزا سے بچ سکتے ہو" نامدار نے کہا "ہم نے تمھیں پہچان لیا ہے۔ تم زیرِ پڑھے والے ہو۔ جس نے ہمارا مذاق اڑایا تھا۔ لیکن میں تم سے وعدہ کرتا ہوں کہ تم ہماری مدد کرو گے تو سزا سے بچ جاؤ گے۔"

"ایسا ہو سکتا ہے؟" وہ بولا

"ہاں" نامدار بولا "یہ ہمارا وعدہ ہے۔ تمھارا نام کیا ہے؟"

"قادر۔"

"تو قادر بھائی، اب اٹھو اور ہمیں اپنے ساتھیوں کے ڈیرے تک پہنچا دو۔ پھر تمھارا کام ختم ہوا۔"

قادر اٹھ کر کھڑا ہو گیا۔ اس کے پاؤں سے ڈوری کھول دی گئی۔ لیکن ہاتھ بندھے رہنے دیے گئے۔ وہ نامدار کے سوالوں کے جواب دیتا چلا گیا۔

بارش کی تندی اور تیزی میں کوئی کمی نہ آئی تھی۔ وہ بارش میں بھیگتے اس راستے پر بڑھتے چلے جا رہے تھے جدھر قادر ان کو لیے جا رہا تھا۔ جب وہ ایک

ویرانے سے گزر رہے تھے تو ایک غار کے سامنے نامدار کو جھورا جانگلی کا خچر دکھائی دیا۔ وہ غار کی طرف بڑھا۔ جھورا جانگلی غار کے اندر کھڑا تھا۔ نامدار کو دیکھ کر وہ کھل اُٹھا۔ نامدار نے کہا:

"کہو، ہمارے ساتھ شکار کو چلتے ہو؟"

"کیوں نہیں" اُس نے جواب دیا۔ پھر قادر کو دیکھ کر بولا "اچھا تو یہ پکڑا گیا"۔

"باقی بھی پکڑے جائیں گے" نامدار نے کہا۔

جھورا جانگلی خچر پر سوار ہو کر اُن کے ساتھ چل پڑا۔ وہ دیر تک چُپ چاپ فاصلہ طے کرتے رہے۔ جب وہ جنگل کے قریب پہنچے تو قادر بولا:

"جنگل کے اندر جانا ہوگا"۔

"اگر تم نے کوئی گڑبڑ کی تو اس کے ذمہ دار تم ہو گے"۔

"میں نے سب کچھ بتا دیا ہے۔ اب میں کیا گڑبڑ کروں گا وہ دونوں جنگل کے اندر ایک جھونپڑے میں حشمت خاں کا انتظار کر رہے ہوں گے"۔

نامدار بولی سے اترا۔ اُس نے اسے درخت سے باندھا اور پھر قادر کو بھی درخت سے باندھ دیا۔

جھورا جانگلی بھی اکرم اور مختار کے ساتھ چلنے لگا۔ جنگل میں درختوں کے نیچے ایک جھونپڑا تھا جس کا دروازہ بند تھا لیکن اندر سے دھواں نکل رہا تھا جیسے کسی نے آگ جلا رکھی ہو۔

نامدار نے ایک جگہ سب کو رکنے کا اشارہ کیا۔ پھر اسے ایک ترکیب سوجھی۔ اس نے جھورا جانگلی کو وہ ترکیب بتائی تو وہ مسکرانے لگا۔ نامدار نے مختار اور اکرم کو جھونپڑی کے ارد گرد اس طرح کھڑا کیا کہ وہ کسی کو نظر نہ آ سکتے تھے۔ وہ خود بھی دروازے سے ذرا ہٹ کر ایک طرف کھڑا ہو گیا۔ ترکیب کے مطابق جھورا جانگلی جھونپڑے کے دروازے کے پاس پہنچا اور اس نے دستک دی۔

چند لمحوں بعد دروازہ کھلا اور اندر سے ایک آدمی نے باہر جھانکا۔ وہ جھورا جانگلی کو دیکھ کر بہت حیران ہوا۔
"تم یہاں ۔ ۔ ۔ ۔ ؟"
"ہاں سرکار، حشمت خاں نے بھیجا ہے"
"حشمت خاں نے بھیجا ہے؟ کیوں؟" اس شخص نے حیرت سے پوچھا۔
نامدار نے اس کو ایک ہی نگاہ میں پہچان لیا۔ یہ وہی

شخص تھا جو اس کے پاس بوٹی کا سودا کرنے آیا تھا۔

"یا مجھے اندر بلاؤ یا خود باہر آ کر بات سنو" جھورا جانگلی نے کہا۔

وہ آدمی جلدی سے باہر نکلا اور اس نے کہا "حشمت خاں نے تمھیں کیوں بھیجا ہے؟ سچ سچ بتاؤ کہ تم یہاں کیسے آئے؟"

جھورا جانگلی نے ہاتھ جوڑ کر کہا "سرکار، ایک تو میں اتنی بارش میں حشمت خاں کا پیغام لے کر آیا ہوں، دوسرے آپ مجھ پر شبہ کر رہے ہیں۔ اگر وہ مجھے پتا نہ بتاتا تو میں یہاں کیسے پہنچتا!"

اس سے پہلے کہ وہ شخص کچھ بولتا، نامدار نے اشارہ کیا اور مختار، اکرم اور خود نامدار تیزی سے اُس پر پل پڑے۔ جھورا جانگلی نے بھی کمال کر دکھایا۔ پہلے تو اس نے اس شخص کے منھ پر ہاتھ رکھا، پھر منھ میں کپڑا ٹھونس دیا۔

اب وہ اسے گھسیٹ کر ایک درخت کے پاس لے گئے اور درخت سے باندھ کر اُس کے منھ میں اچھی طرح کپڑا ٹھونس کر تیزی سے جھونپڑے میں داخل ہو گئے جہاں ایک شخص آگ کے سامنے بیٹھا تھا۔ اِن

تینوں نے اُسے یوں دبوچ لیا جیسے بلّی چوہے کو دبوچتی ہے۔

یہ بھی ایک عجیب منظر تھا۔ قادر، وہ شخص جس نے بوبی کو خریدنے کی کوشش کی تھی اور پھر دھمکی دی تھی اور ان کا تیسرا ساتھی ریشمی ڈوری میں جکڑے نامدار، اکرم اور مختار کے پیچھے گھوڑوں پر سوار تھے۔ جھورا جانگی اپنی بولی میں کوئی عجیب گانا گا رہا تھا۔

بارش کی شدّت میں کوئی کمی نہ ہوئی تھی اور وہ اپنے قیدیوں کو لیے کیمپ کی طرف بڑھ رہے تھے۔

پردہ اُٹھتا ہے

حشمت خاں نے اپنے ساتھیوں کو دیکھا تو اُس کا چہرہ زرد پڑ گیا۔ اب کھیل ختم ہو چکا تھا۔

نامدار نے جلدی جلدی لباس تبدیل کیا اور سجاول خاں کو علیحدہ لے جا کر تفصیل سے بہت کچھ بتایا۔ سجاول خاں کی آنکھیں پھٹنے لگیں۔ وہ جو کچھ سن رہا تھا ناقابلِ یقین تھا۔ لیکن وہ چاروں اس کے سامنے بندھے

پڑے تھے۔ نامدار کی دلیری اور بہادری نے سجاول خاں کو بے حد متاثر کیا تھا۔ نامدار کے مشورے پر عمل کرتے ہوئے اس نے اپنے آدمی روانہ کر دیے۔

ایک گھنٹے کے اندر اندر پولیس کی جیپ وہاں پہنچ گئی۔ چاروں کو ہتھکڑی لگا دی گئی۔ نامدار اور سجاول خاں بھی جیپ میں سوار ہوکر تھانے چلے گئے۔

تین چار گھنٹے کی تفتیش کے بعد سارا معاملہ پولیس کے سامنے آگیا۔ پولیس انسپکٹر نے نامدار کو بہت داد دی۔ پولیس کے سپاہی مختلف ٹھکانوں کی تلاش کے لیے چلے گئے۔ سب کام بہت تیزی سے ہو رہے تھے۔

وہ شخص جو بوبی کی قیمت لگانے آیا تھا، حشمت خاں کا باپ نعمت خاں تھا اسی لیے نامدار کو اس کی شکل پر دھوکا ہوا تھا۔ اس کی شکل حشمت خاں سے بہت ملتی جلتی تھی۔ قادر کے علاوہ تیسرا آدمی قائم خاں تھا۔ وہ بھی رشتے میں حشمت خاں کا بھائی لگتا تھا۔

اب ساری سازش کھل گئی تھی۔ نعمت خاں ایک ایسے ڈاکو کا بیٹا تھا جس نے دوسرے ڈاکوؤں کے ساتھ مل کر سرکاری خزانہ لوٹا تھا۔ اس وقت نعمت خاں بچہ تھا۔ پھانسی پانے سے پہلے اس کے باپ نے

اسے یہ راز بتا دیا تھا۔ لیکن اس وقت وہ خزانہ وہاں سے نکال نہ سکتا تھا۔ پھر جلد ہی وہاں مکان بننے کا سلسلہ شروع ہوگیا اور آبادی بڑھنے لگی۔ یہ لوگ خود بھی جرائم پیشہ تھے۔ چوریاں کرتے، ڈاکے ڈالتے لیکن آج تک پکڑے نہیں گئے تھے۔

حالات کے بدل جانے کے باوجود وہ خزانے کی تلاش میں رہے اور نعمت خاں نے دس بیس برس کی تلاش کے بعد وہ جگہ ڈھونڈ نکالی جہاں وہ خزانہ اور لوٹ مار کا مال دفن کیا گیا تھا۔

حشمت خاں بہت اچھا گھڑ سوار تھا سجاول خاں کو یہ فکر تھا کہ اس کے علاقے کے لڑکے اچھے گھڑ سوار اور شہسوار نہیں۔ اُس نے گھڑ سواری کی تربیت کے لیے حشمت خاں کو مُلازم رکھ لیا تھا۔ وہ حشمت خاں پر بہت بھروسا کرتا تھا اور حشمت خاں چاہتا تھا کہ اسے سجاول خاں کی خوشنودی حاصل رہے اسی طرح وہ اپنے منصوبے کو کامیاب بنا سکتا تھا۔

اتفاق سے جن دنوں انھوں نے خزانہ نکالنے کا منصوبہ بنایا، سجاول خاں نے تربیتی کیمپ لگوا دیا۔ حشمت خاں کو تامدار کے بارے میں علم تھا کہ وہ بڑا

بہادر لڑکا ہے اور پھر وہ سُراغ رسانی میں بھی دلچسپی رکھتا ہے اس لیے اُسے نامدار کا وہاں موجود ہونا اپنے منصوبے کے لیے بہت خطرناک محسوس ہوا۔

اُس نے جلال کو ترغیب دی کہ وہ مختار کے گھوڑے کو پتھّر مارے۔ مختار زخمی ہو جائے گا تو نامدار علاج کرانے کے لیے اُسے وہاں سے لے جائے گا۔ لیکن جب یہ سازش بھی ناکام رہی تو پھر اسے خوف ہوا کہ کہیں جلال ہی راز نہ اُگل دے۔ اس لیے اس نے جلال کو کیمپ سے نکلوانے کے لیے اس کے گھوڑے کو زخمی کر دیا۔ لیکن نامدار کی وجہ سے گھوڑا بھی بچ گیا اور جلال بھی۔

حشمت خاں کو پے در پے شکست ہوئی۔ اسے بوبی سے بھی خطرہ تھا۔ پہلے تو اس کا باپ نعمت خاں اسے خریدنے آیا۔ پھر اُنھوں نے مل کر اسے چوری کر دا دیا۔ حشمت خاں نے جھورا جانگلی اور نامدار، کو ایک دوسرے سے ملتے جُلتے دیکھا تو اس کے شبہات میں مزید اضافہ ہوگیا۔ حشمت خاں صرف سنگ دل اور ظالم انسان ہی نہ تھا، وہ بہت کائیاں اور ذہین بھی تھا۔ اُس کی زیادتیوں کے باوجود نامدار نے سہاول تماں سے اس کی ایک بار بھی شکایت نہیں کی تھی۔ اس سے اس نے اندازہ لگایا کہ نامدار اس کے پیچھے لگا ہوا ہے

اور اس کا مقصد کچھ اور ہے۔

بوبی نے ان سب کو گرفتار کروادیا۔ اگر وہ بوبی کو چوری کر کے نہ لے جاتے تو پھر شاید وہ خزانہ نکالنے میں کامیاب ہو جاتے۔

حشمت خاں کو یہ علم نہ تھا کہ نامدار اپنی ذاتی کوشش اور جھورا جانگلی کی مدد سے خزانے کے بارے میں صحیح معلومات حاصل کر چکا ہے۔

تعویذ مل گیا

بارش تیسرے دن رک گئی۔ آسمان دھلا دھلایا اور نیلا تھا۔ دھوپ بہت اچھی لگ رہی تھی۔ نیلی جھیل کے قریب بہت سے لوگ کھڑے تھے۔ ان میں پولیس کے لوگ بھی تھے۔ جاگیردار سجاول خاں بھی تھا اور نامدار، مختار، اکرم، دلشاد اور جلال بھی۔

نیلی جھیل کئی مزدوروں کو لگوا کر خشک کر دی گئی اور اب اس کی کھدائی ہو رہی تھی۔ حکومت کا ایک اعلیٰ افسر بھی وہاں موجود تھا۔

جب پانی کم ہُوا تو وہاں ایک تعویذ ملا جو سونے کی سُنہری زنجیر میں بندھا ہوا تھا۔ نامدار نے سرکاری افسر کو بتایا کہ یہ تعویذ اس کے دوست دلشاد کا ہے۔ افسر نے ساری بات سُننے کے بعد وہ تعویذ نامدار کو دے دیا اور نامدار نے اچھی طرح صاف کر کے دلشاد کے گلے میں ڈال دیا۔

دلشاد بہت خوش ہوا کہ اُس کا تعویذ اُسے مل گیا ورنہ اُس کی ماں اُس کی گمشدگی پر بہت ناراض ہوتی۔

جھیل کی کُھدائی جاری رہی۔ پھر مزدوروں کی کسّیاں کسی سخت چیز سے ٹکرائیں اور ایک انوکھی گونج دار آواز پیدا ہوئی۔ جھیل کے سوتوں میں سے پانی نکل رہا تھا اس لیے مزدُور بہت پھُرتی سے کام کر رہے تھے۔

کُھدائی کا کام تیز ہو گیا۔ تھوڑی دیر بعد لوہے کا ایک بہت بڑا صندُوق برآمد ہُوا۔ سرکاری افسر جھیل میں اُترا۔ مزدُوروں کی مدد سے اس نے اس زنگ آلُود صندُوق کا ڈھکنا کُھلوایا اور پھر سب دیکھتے کے دیکھتے رہ گئے۔ صندُوق سونے کے سکّوں سے بھرا ہوا تھا۔ یہی سرکاری خزانہ تھا!

شام ہونے سے پہلے وہاں سے لُوٹ مار کا سارا مال نکال لیا گیا۔ پھر پولیس، نامدار، سجاول خاں اور لڑکے

پہاڑی کے پاس جنگل میں چھپی جھونپڑی میں گئے، جہاں انھوں نے کئی چیزیں اپنے قبضے میں لیں۔ وہاں درجنوں کسّیاں اور زمین کھودنے کے اوزار رکھے ہوئے تھے۔

حشمت خاں اور اُس کے ساتھیوں کا سارا منصوبہ دھرا کا دھرا رہ گیا۔

جس روز نامدار اور اس کے ساتھیوں کو واپس جانا تھا وہ کیمپ کا آخری تربیتی دن تھا۔ اس رات زبردست جشن منایا گیا۔ جاگیردار سجاول خاں نے بڑی شاندار دعوت کی جس میں علاقے کے لوگوں کے علاوہ پولیس کے اعلیٰ افسر بھی شریک ہوئے۔ سب نے نامدار کی دلیری اور فرض شناسی کی تعریف کی۔ اس دعوت کا خاص مہمان نامدار کا گھوڑا بوبی تھا جسے ہر کوئی تھپکی دے رہا تھا، پیار کر رہا تھا اور بوبی خوشی سے زمین پر پاؤں مار مار کر اپنی مسرت کا اظہار کر رہا تھا۔

* * *